바다 위의 알프스,
로포텐을 걷다

바다 위의 알프스, 로포텐을 걷다

하얀 밤의 한가운데서 보낸 스무날의 기록

초 판 1쇄 2025년 05월 08일

지은이 김규호
펴낸이 류종렬

펴낸곳 미다스북스
본부장 임종익
편집장 이다경, 김가영
디자인 임인영, 윤가희
책임진행 이예나, 김요섭, 안채원, 김은진, 장민주

등록 2001년 3월 21일 제2001-000040호
주소 서울시 마포구 양화로 133 서교타워 711호
전화 02) 322-7802~3
팩스 02) 6007-1845
블로그 http://blog.naver.com/midasbooks
전자주소 midasbooks@hanmail.net
페이스북 https://www.facebook.com/midasbooks425
인스타그램 https://www.instagram.com/midasbooks

© 김규호, 미다스북스 2025, *Printed in Korea*.

ISBN 979-11-7355-225-0 03810

값 22,000원

미다스북스는 다음세대에게 필요한 지혜와 교양을 생각합니다.

LOFOTEN

바다 위의 알프스, 로포텐을 걷다

김규호 지음

하얀 밤의 한가운데서 보낸 스무날의 기록

미다스북스

나의 인생 여행지

최근에 권장욱·이훈의 『여행 속에 숨겨진 행복의 비밀』(박영사, 2022)을 읽었다. 관광학을 전공하며 딱딱한 책들만 접했던 터라, 그 책에 담긴 내용은 신선하게 다가왔다. 관광학 교수인 저자는 여행과 행복의 상관관계를 밝히기 위해 7년이나 연구했다고 한다. 오랜 기간 연구한 노고가 가득 담긴 책에서 나온 핵심 용어는 '쾌락 적응'이다. 인간은 생존을 위한 본능으로 반복되는 자극에 점점 무뎌지도록 설계되어 있다고 한다. 하지만 여행은 인간의 쾌락 적응을 억제한다고 한다. 여행하다 보면 예상치 못한 난관에 부딪히기도 하고, 뜻밖의 호의를 받기도 한다. 이런 '불확실성과 우연'으로 대변되는 예측 불가능한 변수가 많은 여행은 반복되는 자극과는 거리가 멀다. 그래서 행복감도 더 오래 간다고 한다. 이것을 더욱 공고히 하는 요소가 있다면, 그것은 취향이 아닐까 싶다. 내가 좋아하는 것들로 채워진 여행은 그곳으로 떠나야 하는 동기를 확고히 하며, 돌아온 이후에도 진한 잔상을 남긴다. 이를테면 케이크와 커피를 좋아하는 사람이 어느 낯선 도시를 걷다가 우연히 발견한 현지의 숨은 카페에서 시간을 보낸다면, 그 어느 것과도 견줄 수 없을 만큼 즐거운 순간으로 남을 것이다.

취향을 발견하기까지는 여러 번의 시행착오를 겪기도 한다. 지금으로부터 7년 전, 대학교 교환학생 프로그램으로 그토록 가보고 싶었던 유럽 땅을 밟았다. 리투아니아로 가는 길에 경유한 폴란드 바르샤바에는 꿈에 그렸던 동화 같은 모습이 그대로 펼쳐졌다. 시차 적응이 덜 되어 반쯤 몽롱한 상태로 구시가지를 누비니 현실 너머의 세계에 있는 기분이었다. 초반에는 유럽의 모든 것이 신기했고, 여기저기를 막 다녔다. 그러나 여행을 거듭할수록 내가 좋아하는 것과 그렇지 않은 것이 무엇인지 점차 보이기 시작했다. 취향에 어긋나는 여행을 했을 때는, 다녀온 후에 남는 기억이 많지 않아 아까운 마음도 들었다. 나는 고즈넉한 소도시나 자연 속을 여행할 때가 가장 좋았다. 여기에 더해 모험 섞인 여행을 하고 싶어 로포텐 제도로 백패킹을 떠났다. 인생 처음으로 한 백패킹은 그 어떤 여행보다도 훨씬 고생스러웠다. 여정에 내내 도사리고 있던 불확실한 상황과 우연들이 나를 계속 자극했다. 그러나 내가 정말 하고 싶어서 한 여행이었기에, 힘들었던 순간들도 결국에는 행복한 기억으로 남아 있다. 멋모르고 떠났던 로포텐 백패킹은 단순한 추억거리를 넘어서, 힘든 시기에 나를 일으켜 준 힘이 되기도 했다.

로포텐은 이미 유럽에서는 트레킹과 대자연 여행지로 인지도가 있다. 내셔널지오그래픽은 전 세계에서 가장 매력적인 여행지 중 하나로 로포텐을 꼽았다. 최근에는 〈텐트 밖은 유럽〉과 〈강철지구〉 등 여행 예능 프로그램에 등장하며, 국내에도 조금씩 이름을 알리고 있다. 로포텐은 북극권에 있는 만큼 우리나라에서 가려면 상당한 여행 거리와 이동 시간을 감내해야 한다. 지역 규모가 작아 다른 이름난 여행지들처럼 관광 인프라와 시설이 넉넉하지 않다. 편안한 여행과는 다소 거리가 멀다고 느낄 수 있다. 하지만 자연이 만들어 내는 마법 같은 풍경은 그런 불편함을 감수하고도 충분히 여행할 가치가 있는 곳임을 소리 없이 전한다. 시시각각 바뀌는 변화무쌍한 날씨를 마주하고, 험악한 산을 끙끙거리며 오르다 보면 대자연을 저절로 경외하게 된다. 그 꼭대기에서 마주하는 풍경에는 힘든 걸음을 한 것에 대한 보상이 담겨 있다. 해변은 또 다른 매력이 있다. 섬 곳곳의 푸른 물결은 차가운 듯하면서도 아늑하다. 깎아지른 산과 드넓은 바다가 어우러지는 장면은 로포텐의 특유한 풍광이다. 그 안에 자리 잡은 고즈넉한 마을은 정취를 더한다. 가슴 뛰는 인생 여행을 꿈꾼다면, 반복되는 일상에 짓눌린 나에게 짜릿한 자극을 주고 싶다면, 로포텐을 가슴 한편에 살포시 담아 두길 바란다. 대자연이나 등산을 좋아하는 사람이라면 더욱 다이내믹한 여행의 맛을 생생하게 느낄 수 있을 것이다.

PART

1

로포텐,
낯선 세상 속으로

새로운 여행, 로포텐 백패킹

교환학생으로 머무른 시절은 여행자의 삶 그 자체였다. 수업까지 빠져가며 평일과 주말을 가리지 않고 인근 국가들을 다녔다. 하지만 시간이 지날수록 여행에 대한 기대와 즐거움은 점점 줄어들었다. 근본적인 의문이 때때로 들었다.

'나는 대체 무엇을 위해서 여행하는 걸까?'

큰 도시를 여행할 때 특히 그랬다. 복잡한 거리에서 수많은 사람 사이를 비집고 다니는 것만으로 금방 지쳤다. 랜드마크나 유명한 문화 유적에는 좀처럼 흥미가 생기지 않았다. 처음엔 예뻐 보이던 골목길도 이곳저곳 다 비슷하게 느껴져 더는 와닿지 않았다. 그렇다고 가게를 찾아다니는 데 관심이 있었던 것도 아니었다. 그렇다. 흥미, 관심사 때문이었다. 여러 번의 여행을 통해 나는 자연 속을 여행할 때 가장 큰 만족감을 느낀다는 걸 알게 되었다. 스위스의 아레슐트 협곡, 라트비아의 체메리 습지, 슬로베니아의 슈코치안 동굴 등 대자연의 기운을 온몸으로 맞고 나면 여운이 짙게 남고 여행을 한 보람이 가득했다.

이는 더 큰 욕망을 불러일으켰다. 미지의 땅에 대한 로망이 생겼다. 한 번도 이름을 들어본 적이 없으면서 대단한 자연이 펼쳐지는 곳이 있다면,

그런 곳에 꼭 가보고 싶었다. 국가를 먼저 정해 놓고 찾아보기 시작했다. 노르웨이가 바로 떠올랐다. 송네 피오르Sognefjord와 트롤퉁가Trolltunga 등 이미 들어본 여행지들은 눈에 들어오지 않았다. 시선은 더 위로 향했다. 그러다 북위 68도 부근, 작은 섬들로 이루어진 로포텐 제도에 눈길이 멈췄다. 이런 곳을 여행하면 어떨까, 상상만으로도 가슴이 설렜다. 곧장 자료를 찾아보기 시작했다. 해외 사이트에는 여행 정보가 한곳에 잘 정리되어 있었다. 반면에 국내에서는 정보를 찾기 힘들어, 개개인이 블로그에 쓴 여행기를 보며 감을 잡았다. 그중 유독 눈에 띄는 게시물이 있었다. 로포텐에서 백패킹을 하며 쓴 글이었다. 대자연을 온전히 만끽하는 그 여행 방식에 금세 빠져들었다. 특히 로포텐에서 가장 유명한 곳으로 꼽히는 산인 레이네브링엔Reinebringen에서 찍은 사진 하나를 보고 가슴이 뛰었다. 로포텐은 나의 모든 욕구에 부합하는 여행지였다. 하지만 막상 결심하고 나니 걱정이 밀려왔다. 이름도 낯선 북극의 땅에서 첫 백패킹이라니, 막막함 속에서 계획을 세웠다. 백패킹을 준비한다는 것은 품이 많이 드는 일이었다. 지식이 전혀 없었기에 알아야 할 것도 많았다. 그 블로거에게 조언을 구하며, 어설프지만 조금씩 준비해 나갔다. 초심자에게는 화장실 이용과 샤워를 어떻게 해야 하는지조차 고민이었다. 의외로 답은 간단했다. 한 번씩 캠핑장을 이용하면 된다는 것이었다. 장비를 갖추는 것도 걱정이었다. 6월 초에는 백야가 이어지지만, 초겨울 수준으로 쌀쌀하다고 하여 방한용품을 준비해야 했다. 그러나 이것저것 다 챙기다간 무거운 배낭을 감당하기 어려울 것 같았다. 오래 고민한 끝에 마침내 결정을 내렸다. 최소한의 장비를 준비하고, 옷을 껴입어서 방한하는 것으로 타협한 뒤 최종 12kg으로 배낭을 꾸렸다. 짐은 텐트와 침낭, 접이식 매트와 은박 돗자리, 여벌 옷과 핫팩, 코펠과 식기 등

간단한 조리 도구가 전부였다. 로포텐행을 마음먹고 5개월이 흘러 유럽 생활 막바지에 마침내 떠나는 날을 맞았다. 오래 준비한 만큼 마음을 다잡고 여행길에 올랐다.

메모리 카드 구하기

오슬로

리투아니아 빌뉴스 공항에서 밤을 지새우다 비몽사몽 중에 비행기에 올랐다. 이륙한 지 얼마 지나지 않아 금세 오슬로에 도착했다. 공항 내부를 사진으로 남기려 작은 똑딱이 카메라를 꺼냈다. 전원 버튼을 누르자 숨어 있던 렌즈가 눈꺼풀을 활짝 열며 앞으로 나왔다. 피사체를 확인하고 셔터를 누르려는데, 달갑지 않은 메시지가 화면에 떴다.

'메모리 카드 없음'

아뿔싸. 사진과 동영상들을 정리한다고 카드를 빼놓고는 그대로 카메라만 들고나온 것이다. 여행을 다니다 보면 크고 작은 실수를 종종 하게 된다. 스위스에서는 여행자 패스를 주머니에서 흘려 잃어버릴 뻔했었고, 포르투갈에서는 축구 경기 일정을 착각해 예매한 표를 날렸었다. 하지만 준비할 때만큼은 늘 빈틈이 없었다. 처음부터 무언가를 깜빡하고 나온 적은 없었다. 이번 여행은 더 철저히 신경을 써서 준비했기에 더욱 당황스러웠다. 문밖을 나서기 직전까지도 짐을 거듭 확인했다. 그런데 그 사소하지만 중요한 물건 하나, 메모리 카드를 빠뜨렸다는 걸 이제야 알아차린 것이다. 이가 없다면 잇몸이라고 휴대전화로 사진을 찍고 다녀도 되지만, 기기 성능이 좋지 않아 만족하지 못할 게 뻔했다. 무엇보다 여행할 때 똑딱이 카메라를 한 몸처럼 갖고 다니며 요긴하게 썼던 터라 절대 포기할 수 없었다.

그래도 카메라를 놓고 오지 않아서 다행이었다. 메모리 카드 정도야 현지에서 하나 구하면 그만이었다. 하지만 영 찜찜한 게 하나 있었다. 오늘은 일요일이라는 것. 많은 가게가 쉬는 날이다. 지도 앱으로 전자 제품 가게를 검색하니 몇 군데가 나타났다. 한 가닥 희망을 안고 한 가게를 눌렀다. 설명란에 요일별 영업시간이 적혀 있었다. 내 눈은 자연스레 일요일로 향했다. 그 옆에는 휴무라고 적혀 있었다. 다른 가게를 확인해 봐도 마찬가지였다. 기대와 달리 시내에 문을 연 데는 한 곳도 없다고 나왔다. 문득 공항에서 구할 수 있지 않을까 생각했다. 끝에서부터 한 가게씩 꼼꼼히 살펴보다가, 잡다한 물건을 파는 어느 가게 앞에 섰다. 작은 소품들이 주렁주렁 달린 원통형 진열대 한쪽에 메모리 카드 수십 장이 꽂혀 있었다. 그 모습을 보자 답답했던 속이 단번에 풀렸다. 늘 쓰던 것이 이렇게 소중하게 느껴질 줄이야.

메모리 카드는 16기가바이트짜리로, 사진과 영상을 마음껏 찍기에는 부족한 용량이었다. 그러나 이 조그만 카드 하나는 30,000원에 달하는 비싼 몸값을 자랑했다. 평소에 사던 가격보다 두 배 이상 높았다. 진작 제대로 확인하고 챙겨 왔더라면 이런 걱정과 낭비를 할 필요가 전혀 없었을 텐데, 머리를 툭 쳤다. 그러면서도 단 몇 푼으로 유일한 동반자인 카메라를 되살렸다는 사실에 크게 안도했다. 생기를 되찾은 카메라와 함께 추억을 기록할 준비를 마쳤다.

두려움을 안고 떠나는 여행길

오슬로

막 6월로 접어든 오슬로는 한낮에는 살짝 더울 정도로 온화했다. 사람들은 부둣가에 걸터앉아 웃통을 벗고 일광욕을 즐기고 있었다. 나는 오슬로 패스를 구매해 뭉크 박물관과 스키점프 전망대 등 관광지를 찾아갔다. 가장 인상 깊었던 곳은 프람 박물관*Fram Museum*이다. 프람은 1911년, 노르웨이 탐험가 로알 아문센이 인류 최초로 남극점에 도달할 때 탄 탐험선으로, 당시 모습이 박물관 내에 복원되어 있다. 선내 생활을 생생하게 표현한 전시를 보며, 그 당시 탐험을 떠난 사람처럼 몰입했다. 갑판에 올라서자, 양옆에서 집채만 한 파도가 치고 거센 비가 쏟아졌다. 거대한 스크린 속 영상일 뿐인데도 가슴이 조마조마했다. 로포텐 여행이 큰 모험이 될 것 같다는 예감 때문이었을까. 나에게 곧 닥칠 현실처럼 느껴졌다.

따뜻했던 일요일이 지나고 떠나는 날이 밝았다. 호스텔에서 간단하게 아침을 먹고 길을 나섰다. 기차를 타고 다시 오슬로 공항으로 이동했다. 무거운 배낭을 수화물로 부치고, 보안 검색까지 마친 후 로포텐으로 들어가는 첫 관문인 보되*Bodø*행 게이트로 향했다. 도착지 정보가 뜬 모니터를 바라봤다. 가장 먼저 기상 상황이 눈에 들어왔다.

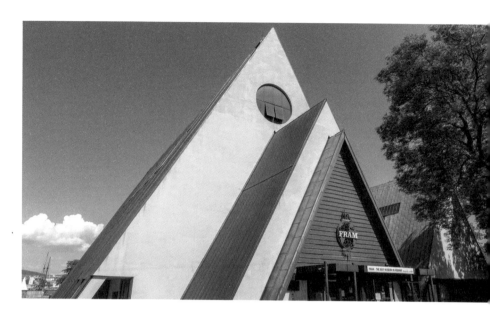

'영상 5도, 흐리고 비.'

보되도 이 정도인데, 그보다 높은 위도에 있는 로포텐은 얼마나 더 기온
이 낮을지 쉽게 짐작할 수 없었다. 챙겨 온 장비로는 추위를 견디기 어려울
것 같다는 막연한 걱정이 서서히 밀려왔다. 이는 로포텐이라는 곳 자체에
대한 두려움으로도 이어졌다. 여행 계획을 세울 때는 분명 설렜는데, 막상
출발이 다가오자 표정이 굳어졌다. 머리를 세차게 흔들며 두려움을 떨쳐내
려 했다. 그러나 마음 한구석에서 피어오른 불안은 쉽게 사라지지 않았다.
피할 수 없다면, 마음을 단단히 먹고 받아들여야 했다. 반드시 이 여행을
무사히 마치리라. 대자연 속에 내 한 몸을 던져 보리라. 곧 탑승 안내 방송
이 나왔다.

"보되로 가는 SAS 항공 SK4112편, 탑승을 시작합니다."

바다 위의 알프스, 로포텐을 걷다

04

행운의 여객선 탑승

보되

비행기를 타고 북쪽으로 1시간 반을 날아 보되에 도착했다. 컨베이어 벨트에서 짐을 찾은 후 공항 밖으로 나왔다. 탑승 전에 확인했던 기상 상황과 달리 다행히 비는 오지 않았다. 하지만 구름은 금방이라도 비를 다시 뿌릴 것처럼 낮고 무겁게 하늘을 덮었다. 싸늘한 공기가 얼굴에 스며들었다. 확 달라진 기온에 몸이 부르르 떨렸다.

보되에서는 배나 비행기를 타고 로포텐으로 들어갈 수 있다. 나는 배를 타고 모스케네스항*Moskenes Ferjekai*으로 들어가는 방법을 택했다. 공항에서 보되항*Bodø Ferjekai*까지는 4km가 채 되지 않는 거리라 걸어갈 만해 보였다. 문제는 시간이었다. 비행기에서 내렸을 땐 오후 3시 20분쯤이었다. 예정대로라면 그보다 40분 정도 일찍 도착했어야 했다. 하지만 비행기가 늦게 이륙하여 착륙 시간도 자연스레 미뤄졌다. 배는 오후 4시 30분에 있다. 출항 45분 전까지 탑승 등록을 마쳐야 한다는 안내문을 선사 홈페이지에서 확인했다. 늦어도 오후 3시 45분까지는 항구에 가야 한다. 그렇다면 남은 시간은 불과 25분. 이 시간 안에 항구까지 걸어가는 건 불가능하다. 그렇다고 주변에 택시나 버스가 있는 것도 아니었다. 결국, 로포텐에 다소 늦게 도착하더라도 몇 시간 뒤에 있는 배편을 타기로 했다.

　그러자 빠듯했던 일정에 갑작스레 여유가 생겼다. 조급했던 마음도 덩달아 편안해졌다. 느긋하게 걸어가다가 항구 근처의 큰 캠핑용품점에 들렀다. 생애 처음 방문한 캠핑용품 전문점은 그야말로 신세계였다. 빈 배낭 하나만 메고 와서, 이곳에서 필요한 장비를 다 사도 될 정도로 종류가 다양했다. 아직 텐트 한 번 쳐본 적 없는 초보 백패커지만, 자꾸만 장비에 눈길이 갔다. 매장 한쪽에 주렁주렁 달린 바지에 시선이 멈췄다. 그 어떤 추위도 막아줄 것처럼 든든해 보였다. 그리고 내가 입은 평범한 운동복을 슬쩍 봤다. 몇 겹 껴입은 만큼 어느 정도는 몸이 보호될 것이라고 믿었다. 사고 싶은 마음을 꾹 누르고, 꼭 필요한 것들만 골랐다. 그중 하나가 가스이다. 가스는 비행기에 가져갈 수 없어서 미리 사지 않았다. 다른 하나는 비상용 은박 담요이다. 포장지 겉면에 모델이 담요를 둘둘 싸매고 있는 사진이 구매욕을 자극했다. 갑작스러운 추위나 체온 저하에 대비해 하나쯤 갖고 있으면 도움이 될 것 같았다. 가격도 저렴해 크게 고민하지 않았다.

쇼핑을 마치고 나니, 이제는 시간을 어떻게 보내야 할지 막막했다. 바람도 쐴 겸 가게 뒤편 바닷가를 잠시 거닐었다. 오른쪽으로 얼마 떨어지지 않은 곳에 정박해 있는 커다란 배 한 척이 보였다. 모스케네스행이라는 걸 직감했다. 아마 지금쯤 사람들이 한창 승선하고 있겠지. 나는 여전히 그 배를 못 탈 운명이라 생각했다. 그러나 차가운 공기를 맞으며 돌아다니려니 힘들어, 일단 터미널에서 기다리기로 하고 발걸음을 옮겼다. 거리에 늘어선 건물들이 점차 시야에서 사라지고, 넓은 부두가 보이기 시작했다. 조금 전에 봤던 배도 눈에 들어왔다. 그런데 출항까지 불과 20여 분밖에 남지 않았음에도 많은 사람과 차는 여전히 바깥에 나와 있었다.

'왜 아직도 기다리고 있는 거지? 탑승이 거의 끝날 시간이 아닌가?'

나는 서둘러 터미널 안으로 들어갔다. 북적북적한 배 앞과는 달리, 맞이방은 썰렁했다. 한두 사람만이 의자에 턱 걸터앉아 있을 뿐이었다. 카페는 한동안 열린 적이 없는 것처럼 셔터로 굳게 잠겨 있었다. 표를 사려고 들어왔는데, 정작 매표소는 보이지도 않았다. 이곳에서는 아무것도 할 수 없다는 사실을 재빨리 알아차렸다. 다시 밖으로 나와 두리번거리다가 자연스럽게 배로 향했다. 그 앞에서 형광 조끼를 입은 직원이 줄을 따라 움직이며 차례대로 요금을 받고, 휴대용 단말기에서 표를 뽑아주고 있었다. 나는 서둘러 그 대열에 합류했다. 늦었다고 생각했는데, 내 순서가 오기까지는 꽤 오랜 시간이 걸렸다. 안도하며 승선자 명부에 이름을 적고 요금을 냈다. 직원은 나에게 발권해 주는 걸 끝으로 장비를 정리했다. 곧이어 배의 출입문이 열리고, 줄이 움직이기 시작했다. 나는 이번 배에 마지막으로 오른 승객이었다. 뜻밖에 다가온 행운 덕분에 여행의 시작이 순조롭게 느껴졌다.

05

거친 대자연에 남겨지다

오그바트네 호수

보되에서 출항한 배는 흐린 하늘 아래 거친 파도를 헤쳐 나갔다. 선내 레스토랑에서 햄버거를 사 먹고는 멀미 기운이 났다. 빈 놀이방에 들어가 그대로 드러누워 울렁임을 견뎠다. 로포텐에 다다랐을 때쯤 바람을 쐬러 갑판으로 나갔다. 두껍게 드리운 구름의 틈으로 나온 햇발이 섬의 곳곳에 닿아 빛났다. 신성한 곳으로 향하는 기분이 들었다. 3시간여의 힘겨운 항해 끝에 모스케네스항에 도착했다. 배에서 쏟아져 나온 차들 사이를 빠져나와 로포텐에 첫발을 디뎠다. 첫날 목표는 단 하나, 이 땅에서 잘 곳을 찾아 무사히 하루를 보내는 것이었다. 미리 찾아본 오A 마을 인근 오그바트네 *Ågvatnet* 호수에 가기로 했다. 버스는 약 3시간 이후에나 온다고 시간표에 적혀 있었다. 지루하게 기다리는 대신 천천히 걸어갔다. 차들이 내 옆으로 하나둘 지나갔다. 배낭을 메고 이 길을 걷는 이는 나밖에 없었다. 주위를 두리번거리며 생각했다.

'나처럼 여행하는 사람은 아무도 없는 건가?'
분명 여객선 안에는 사람이 꽤 많았다. 하지만 대부분 차를 타고 이동하는 것인지, 차가 모두 빠져나간 섬에는 인적이 사라졌다.

시간은 오후 8시를 넘어가고 있었지만, 해는 여전히 하늘 어디쯤 떠 있었다. 하지만 짙은 구름이 그 흔적을 덮어버려 섬은 어둑어둑했다. 거센 바람이 몰아쳤던 바다와 달리, 땅 위는 폭풍 전야처럼 고요했다. 얼마 못 가 정적이 깨졌다. 조금씩 떨어지던 빗방울은 곧 자잘한 우박으로 바뀌어 내 몸을 사정없이 때렸다. 그러다가 다시 한바탕 비를 뿌리고는 언제 그랬냐는 듯 뚝 그쳤다. 로포텐 날씨는 변덕스럽다는 건 알고 있었지만, 막상 마주한 현실은 상상 이상이었다. 작은 우산 하나가 유일한 방패였다. 이런 날씨에 배낭 하나 달랑 메고 백패킹을 하겠다며 나선 내가, 미친 것일지도 모르겠다. 두 시간을 걸어 마을 입구에서 작은 터널을 낀 갈림길을 만났다. 터널을 지나지 않고 오른쪽 길로 빠져 호수로 향했다.

바다 위의 알프스, 로포텐을 걷다

그때 비가 다시 세차게 내리기 시작했다. 황급히 우산을 쓰고, 주변을 살피며 나아갔다. 길가에 자리한 집 몇 채와 어디론가 움직이는 주민 몇 명이 보였다. 아주 외진 곳은 아니었다. 민가를 지나 나무가 무성한 숲길로 들어섰다. 진창을 쩍쩍 밟으며 걸어갔다. 발목을 감싸는 등산화 덕분에 발이 더러워지지 않았다. 조금 더 안으로 들어가자, 호수가 거대한 몸집을 서서히 드러냈다. 그 앞에는 넓은 잔디밭이 펼쳐졌다. 때마침 비도 그쳤다. 서둘러 배낭을 풀고 텐트를 꺼냈다. 하지만 이번에는 이따금 불어닥치는 돌풍이 발목을 잡았다. 옷을 여미고 몸을 움츠려 있다가, 바람이 잠잠해진 틈을 타 텐트를 펼쳤다. 바닥에서 올라오는 냉기와 물기를 막아줄 그라운드시트를 먼저 깔았다. 그런 다음 텐트를 펼쳐 놓고 조립했다. 폴대 두 개를 X자로 교차하여 고리에 끼우자 텐트가 모양을 갖췄다. 그리 어렵지는 않았지만, 아직 서툴러 시간이 조금 걸렸다. 그리고 외부 플라이를 덮고 줄을 당겨 땅에 튼튼하게 박아 텐트를 고정했다. 악천후를 버틸 유일한 집인 텐트를 최대한 신중하게 설치했다. 바람은 점점 더 거세졌다. 호수에는 작은 파도가 전장을 향해 달려오는 전사들처럼 여기저기서 일렁였다.

보금자리를 만들고 나서야 한숨을 돌렸다. 어느덧 시간은 오후 11시를 넘었다. 편하게 눈을 붙이고 새로운 하루를 맞이하길 기대했다. 하지만 하늘은 백패킹을 처음 하는 날 시험하는 듯했다. 텐트에서 보내는 첫 하루는 결코 호락호락하게 흘러가지 않았다. 걸어오는 동안 겪었던 날씨는 맛보기에 불과했다. 태풍처럼 강한 바람이 쉴 새 없이 몰아쳤고, 다시 비가 쏟아지기 시작했다. 설상가상으로 기온은 영하로 내려갔고, 비는 어느 순간 싸락눈으로 바뀌어 후드득 떨어졌다. 일 초에 수십 번씩 텐트를 두드리는 눈 내리는 소리는 마치 자잘한 우박이 쏟아지는 것처럼 날카롭고 사나웠다. 텐트 바닥에서는 한기가 올라왔다. 침낭으로 몸을 덮고 겉옷에 달린 모자를 덮어썼다. 하지만 바깥으로 드러난 얼굴은 무방비였다. 강풍, 추위, 비, 눈, 이 중에서 하나씩만 와도 신경이 곤두서는데, 모든 게 동시에 몰아치니 긴장감이 극에 달했다. 요동치는 자연 속에서 오직 얇은 천 쪼가리 하나에 의존하여 생존하고 있다는 걸 의식한 순간 오싹해졌다. 그래도 주변이 환해서 괜찮을 줄 알았다. 바깥은 비구름이 낀 해 질 녘쯤처럼 밝았다. 텐트 안에서도 빛이 느껴졌다. 따로 불을 밝히지 않고도 주변 사물을 인식하고 상황을 분간할 수 있었다. 그러나 격한 자연의 움직임은 밝음이 주는 안정감까지 앗아갔다. 침낭에 몸을 더욱 꽁꽁 싸맸다. 애써 웃어 봐도 마음이 놓이지 않았다. 내가 왜 먼 이곳까지 와서 백패킹을 하겠다고 했을까. 처음인데 너무 어려운 데로 온 건 아닐까. 그냥 돌아갈까, 아니면 돈이 더 들어도 숙소를 잡고 다닐까. 무사히 여행을 끝낼 수는 있을까. 앞으로 열흘 동안 이 섬에서 지내야 한다는 게 까마득하게 다가왔다.

여행 계획을 세울 땐 설레고 웃음이 났지만, 막상 도착해서 텐트 안에 누우니 한숨만 푹푹 나왔다. 자연 속에서 텐트를 치고 하루를 보내는 일이 그저 낭만적일 줄 알았다. 그러나 빗소리가 자장가처럼 아름답게 들린다든지 하는, 감성을 촉촉하게 자극하는 그런 것들은 없었다. 정도가 없는 대자연 앞에서 나는 한없이 나약한 존재에 불과했다. 내가 통제할 수 없는 영역이기에, 두려워도 순응하는 수밖에 없었다. 어쩌면 서로의 경계를 허물고 내가 자연의 한 요소로 섞여 드는 과정을 겪는 건 아닐까. 눈이 내리든 비가 오든, 날이 맑든 흐리든, 텐트 하나에 의지해 대자연 속에서 지내야 한다. 나는 언제든 자연의 순리를 수긍하고 따라야 하는 존재이다. 이런 날씨를 원망하기보다 있는 그대로 받아들이자, 긴장했던 마음이 조금 풀렸다.

06

현지인의 첫인상

오

밤새 잠을 통 이루지 못했다. 억지로 눈을 감아 봐도 소용이 없었다. 그래도 중간중간 기억이 끊긴 걸 보니, 한 시간 정도는 겨우 잔 것 같았다. 그렇게 요란하던 주변이 고요해졌다. 드디어 끝난 건가. 어찌어찌 첫 밤을 버텨냈다. 바깥 상황이 궁금했다. 두근거리는 마음으로 조심스레 문을 열었다. 눈이 바닥에 얕게 흩뿌려져 쌓여 있었다. 아직 다 녹지 않았을 만큼 여전히 공기가 차가웠다. 식수를 받고 풍경도 구경할 겸 호숫가로 향했다. 전날 눈에 들어오지도 않았던 풍경이 이제야 제대로 보였다. 드넓은 호수의 왼편에는 갈매기들이 물가에 떼를 지어 앉아 하루를 열었고, 오른편 먼 곳에는 적갈색 오두막이 외로이 서 있었다. 부드러운 곡선을 그리며 높게 솟은 산이 호수를 감쌌다. 산은 여름을 앞두고 푸른빛으로 물들어 가고 있었다. 아래쪽 숲은 다소 빛이 바랜 초록빛을 머금었다. 꼭대기와 골짜기에는 여전히 하얗게 눈이 쌓여 있었다. 여름과 겨울을 반반씩 섞어 놓은 모습이었다.

한결 가벼워진 마음으로 천천히 짐을 쌌다. 다음 장소인 레이네Reine로 이동할 준비를 마쳤다. 갈림길에서 터널을 지나 반대편으로 나가자, 휴게소처럼 생긴 작은 건물과 버스 정류장이 나타났다. 버스는 시동이 꺼지고 문이 닫힌 채로 정차 중이었다. 나는 작은 벤치에 앉아 잠시 숨을 골랐다. 저편 호숫가에서 밤새 그 악천후 속에 잠을 못 이룬 걸 떠올리니 헛웃음이 나왔다. 어떻게 하루가 지나가긴 지나갔다. 그렇게 딴생각하고 있으니 운전기사가 어디에서 나왔다. 유니폼을 단정하게 입은 중년 여성이었다. 서로 눈을 마주치며 짧게 인사를 나눴다. 홀로 호숫가에서 고군분투한 뒤에 푸근한 미소를 짓는 그녀를 보니, 괜히 반가운 사람을 만난 것 같았다. 짐칸에 배낭을 넣어두고 버스에 올랐다. 그녀가 먼저 말을 건넸다.

"어디까지 가시나요?"
"레이네에 가려고 하는데요… 혹시 레이세코르트를 살 수 있나요?"

내 발음이 이상했던 건지 그녀는 뜨뜻미지근한 반응을 보였다. 그래서 발음을 이리저리 다르게 하며 다시 물어보았다.

"레이세카르트인가 여행용 교통카드 같은 게 있지 않나요?"

"혹시 학생이에요?"

"네, 맞아요."

"그럼 굳이 카드를 만들지 말고, 학생 요금을 내고 타면 돼요."

"버스를 탈 때마다 매번 표를 끊으면 될까요?"

"네, 학생은 요금이 반값이라서요."

충전식 교통카드인 레이세코르트는 성인 요금에서 20%를 할인해 준다는 게 큰 장점이었다(현재는 레이세코르트는 폐지되었고, 트래블 패스가 운영 중이다). 그렇지만 반값 할인을 기본으로 받을 수 있는 학생은 그 카드를 쓸 이유가 없었다. 그냥 카드를 만들어 줄 수도 있었겠지만, 그녀는 로포텐 교통을 잘 모르는 나에게 가장 합리적인 방법을 안내해 주었다. 여행자를 위한 배려가 느껴졌다. 표를 끊고 자리로 가려는 내게 한마디를 더 건넸다.

"안전띠 매는 거 잊지 마세요. 착용하지 않았다가 걸리면 벌금이 1,500크로네랍니다."

벌금이 버스 기본요금의 무려 서른네 배에 달했다. 평소 안전띠를 무조건 매는데도 덜컥 겁이 나는 액수였다. 자리에 앉아 철컥 소리를 듣고도 괜히 한 번 더 안전띠를 만지작거렸다. 그녀는 가벼운 미소와 함께 부드러운 말투로 당부하며 여행자의 주의를 환기했다. 여행지의 첫인상은 때로는 사소한 것 하나로 결정되기도 한다. 그중에서도 현지인과의 대면은 기억을 크게 좌우하는 요소다. 불가리아를 여행할 때 처음으로 머문 도시에서 밤에 먹을 간식을 사러 한 슈퍼에 들렀는데, 어떤 과자를 먹을지 고민하고 있으니까 주인아저씨가 다가와 웃으며 하나를 골라 먹어보라고 건네주었다. 그 순박했던 미소가 마음 깊숙한 곳에 남아 있다. 로포텐에서 처음 마주하여 대화한 현지인은 거친 자연환경과는 다르게 대단히 온유했다.

　　나만 태운 버스는 오전 9시가 되자 곧장 출발했다. 이어지는 정류장에서 주민 몇 명이 올라탔다. 아주머니들은 웃음을 섞어가며 정겹게 대화를 나눴다. 아는 단어라곤 안녕을 뜻하는 'Hei'밖에 없었지만, 노르웨이의 평범한 일상 분위기는 고스란히 느껴졌다. 현지 라디오를 틀어 놓고 무작정 듣는 듯했다. 적막했던 버스에 조금 활기가 돌아 마음이 들떴다. 여전히 빗방울 자국이 남은 유리창 너머로 흘러가는 풍경이 감성을 촉촉이 적셨다. 오를 떠난 지 20여 분이 흘러 레이네에 도착했다. 오늘은 다행히 비 소식이 없다. 수시로 기상이 바뀌어 예보를 곧이곧대로 믿을 순 없지만, 하늘이 조금씩 개는 걸 보니 왠지 느낌이 좋다. 목적지는 부네스 해변Bunes Beach. 그곳에는 또 어떤 풍경이 나를 기다리고 있을까.

07

네 시간의 기다림이 내게 남긴 것

레이네

부네스 해변에 가려면 먼저 레이네에서 배를 타고 빈스타드*Vindstad*로 들어가야 한다. 그 전에 끼니를 해결하고, 야영에 필요한 식량을 구하러 서클케이*Circle K*에 들렀다. 인기척을 느낀 점원이 미소를 머금고 인사를 건넸다. 노르웨이의 인사말은 영어의 'Hey'와 발음이 똑같아, 들으면 들을수록 격식 없이 편하게 대하는 듯해 친근하게 느껴졌다. 주유소가 딸린 그 가게는 편의점과 비슷했다. 기본적인 식료품과 간단한 조리 음식을 판매하고 있었다. 배 시간까지 40여 분이 남아, 느긋하게 피스케버거*Fiskeburger* 하나를 주문했다. 점원은 곧장 조리대에서 버거를 만들기 시작했다. 10분이 지나 내 손에 들어온 햄버거에는 온기가 가득했다.

두툼하게 한 장 들어간 생선 패티는 그동안 먹었던 고기 패티와는 확연히 달랐다. 고소하면서 담백했고, 식감도 부드러웠다. 여기에 하얀 소스가 더해져 달짝지근하고 짭조름했다. 양파와 토마토, 양상추 같은 채소도 듬뿍 들어 있어 더욱 신선했다. 금세 한 개를 해치우고 나니 하나를 더 먹고 싶은 욕구가 치솟았다. 하지만 식비를 줄이고자 마음먹었기에, 선뜻 추가 지출을 하기가 망설여져 입맛만 다셨다. 버거를 다 먹고 나서는 저녁거리들을 골랐다. 냉장과 냉동식품 중에는 즉석에서 익히기만 하면 바로 먹을 수 있는 완제품은 없었다. 각각의 재료로 요리를 만들어야 했다. 무엇을 먹을지 고민한 끝에 결국 라면을 선택했다. 이보다 더 요리하기 쉽고 보관하기 좋은 재료는 없었다. 라면은 백패킹을 하는 동안 점점 필수 식품으로 굳어졌다.

어느덧 배가 출발할 시간이 임박했다. 서둘러 가게에서 빠져나왔다. 지도에는 가게 바로 근처에 선착장이 있다고 나왔으나, 아무리 둘러봐도 배조차 보이지 않았다. 근처를 지나가던 한 건장한 남자에게 다급히 선착장이 이곳이 맞는지 물어봤지만, 그도 잘 모른다고 답했다. 어찌할 바를 몰라 망설이는 사이 예정된 출발 시간이 지났다. 배는 끝내 모습을 드러내지 않았다. 선착장을 찾아 발걸음을 옮겼다. 버스를 타고 왔던 길을 거슬러 갔다. 300m쯤 걸어가자, 작은 갈림길에 선착장 방향을 알리는 노란색 표지판이 떡하니 박혀 있는 게 보였다. 화살표를 따라 난 샛길 끝에 선착장이 있었다. 돌이켜 보니, 버스를 타고 레이네에 들어오면서 창밖으로 그 표지판을 보긴 했었다. 그러나 그것이 선착장 표지판이라는 사실을 눈치채지 못했다. 그 신호를 놓치고 지도만 믿은 대가는 꽤 혹독했다. 다음 배가 무

려 네 시간 후에나 있기 때문이다. 보되에서 가까스로 배에 올랐다며 안도
했는데, 불과 다음 날 이렇게 허탈한 상황을 맞이하고 말았다. 그렇게 문짝
도 없는 작은 맞이방에서 하염없이 배를 기다리기 시작했다. 간간이 찬 바
람이 건물 안까지 쌩쌩 불어와 몸을 훑었다. 하늘에는 하얀 구름이 가득했
다. 때때로 시커먼 먹구름이 밀려왔지만, 비를 뿌리진 않았다. 잠시 후 하
늘이 크게 열리며 태양도 얼굴을 내밀었다. 로포텐에 들어온 지 이틀 만에
처음 보는 태양이 무척 반가웠다. 무작정 기다리면서 시간을 보내기가 아
쉬웠다. 멀리까지 걷고 싶었지만, 배낭은 메고 다니기에는 무거웠고 두고
가기에는 또 불안했다. 대신 선착장 주변만 맴돌며 작은 골목을 구경했다.
그리고 온몸으로 햇살을 맞으며 지루함을 달랬다. 한참이 지나 출항 시간
이 다가왔다. 썰렁했던 작은 항구에 사람들이 모였고, 그토록 기다리던 배
가 왔다.

바쁘게 돌아가는 사회에서 우리는 버스나 지하철을 놓치지 않으려 전력 질주도 마다하지 않는다. 한 대를 보내도 단 몇 분 후면 다음 차가 들어오는 대도시에서도 쉽게 볼 수 있는 장면이다. 차를 놓쳐도 조금만 기다리면 되는데 괜히 짜증이 치솟는다. 그래도 그 감정은 다음 차가 도착함과 동시에 휘발한다. 하지만 운이 없으면 이렇게 서너 시간도 기다려야 하는 로포텐에서는 그런 짜증을 내봤자 나만 손해였다. 로포텐에서는 여유를 갖고 흘러가는 상황을 있는 그대로 받아들이는 자세가 필요했다. 물론 여행할 때는 대체로 일상보다 관대한 마음을 가지게 되지만, 그만한 시간을 기다리는 건 여행에서도 흔치 않은 일이다. 그 오랜 시간을 그저 투덜거리며 보낼 수는 없었다. 마음을 놓고 기다리는 동안 하늘을 참 많이 쳐다봤다. 같은 하늘을 그렇게 오래 바라본 것은 그해 초, 스웨덴에서 오로라를 기다렸던 날 이후로 처음이었다. 뚜렷한 목적이 있었던 그때와는 달리, 이번에는 그저 의미 없이 시간을 흘려보낸 줄로만 알았다. 하지만 유유히 흘러가는 구름과 그 사이로 이따금 반짝이며 빛나던 햇살이 잊히지 않는다. 오래 바라본 만큼 따스했던 레이네의 하늘은 지금도 생생히 떠오른다. 기나긴 기다림은 마음 깊은 곳에 지워지지 않을 기억으로 남았다.

08

외딴 바다에서 실현한 로망

부네스 해변

빈스타드로 가는 작은 여객선에는 꽤 많은 사람이 탑승했다. 배는 힘차게 파도를 가르고 나아가 몇 군데에 들러 사람들을 내려준 후에 빈스타드에 다다랐다. 이곳에서 여러 명이 내릴 줄 알았는데, 나를 포함해 단 두 명만이 하선했다. 다른 이는 별다른 짐을 가지고 있지 않아 야영하러 가는 건 아닌 듯했다. 배가 떠나간 자리에는 적막만이 감돌았다. 선착장을 빠져나가다 입구의 작은 건물 앞에 오렌지색 옷을 입고 서 있는 풍채 좋은 주민을 마주쳤다. 간단한 인사와 함께 대화를 주고받았다.

"해변에 야영하러 가나요?"

"네, 도전하러 가요!"

나는 웃으며 결연하게 대답했다. 그러더니 그는 뒤로 돌아 한 건물을 가리키며 말을 덧붙였다.

"만약 야영하다 문제가 생기면, 저쪽에 보이는 오렌지색 건물로 오세요. 제 집이에요."

"오, 그래도 될까요? 고맙습니다. 좋은 하루 보내세요!"

"행운을 빌어요!"

낯선 이를 향해 그가 보낸 호의에 나는 엄지를 치켜세우며 짧은 대화를 마무리했다. 그러자 언제 그랬냐는 듯 주변이 다시 조용해졌다. 빈스타드는 주변이 산과 바다로 둘러싸여 차로는 접근할 수 없는 오지다. 산을 타고 넘지 않는 이상 배로만 들어올 수 있다. 그 말은 곧, 하루의 마지막 배가 떠나고 나면 사실상 고립된다는 뜻이다. 다음 날 첫 배가 오기 전까지는 이곳을 빠져나갈 수 없다. 식료품 가게나 편의 시설도 없다. 그나마 선착장에 작은 카페가 있지만, 특정한 때만 운영한다. 무슨 일이 생기면 도움을 구하기 쉽지 않은 곳이다. 그래서 그가 건넨 말은 말만으로도 큰 힘이 되었다. 동시에 그 집에 찾아갈 일이 없길 바랐다. 그 역시 내가 조용히 머물다 돌아가길 바랐을 것이다. 그게 무사히 다녀갔다는 뜻이기도 하니까.

바다 위의 알프스, 로포텐을 걷다

부네스 해변으로 가려면 언덕을 넘어야 하는데, 그전까지는 평탄한 자갈길이 이어졌다. 선착장을 빠져나간 이후로 길을 걷는 동안 그 누구도 마주치지 못했다. 마을은 풀잎이 바람에 스치는 소리조차 없이 고요했다. 꼭 사람이 사는 곳처럼 보이지 않았다. 호젓한 분위기 속에 얼마간 걸어가자, 옴폭 들어간 만을 따라 띄엄띄엄 자리한 집들 뒤로 두 험준한 산을 이으며 완만하게 솟은 언덕이 보였다. 가까이에서 언덕을 마주한 순간, 저 너머에 해변이 있다는 게 믿기지 않았다. 그렇게 높은 언덕이 아닌데, 거대한 봉우리를 마주한 것처럼 아득하게 느껴졌다. 로포텐에 들어온 후 대체로 평탄한 길만 걷다가 처음 마주한 오르막이라 더 어렵게 다가왔다. 언덕에는 많은 사람이 다녀간 흔적이 보였다. 좁지만 번듯한 흙길이 나 있었고, 이정표도 꽂혀 있었다.

숨을 크게 들이쉬고 언덕을 올랐다. 땅만 보고 헉헉대며 15분을 올라 꼭대기를 넘어가자, 광활한 해변이 모습을 드러냈다. 모래사장에는 볼록하게 솟은 작은 둔덕이 가득했다. 양옆에 하늘 높이 뻗은 바위산의 산등성이는 해변을 따라 급격한 경사를 그리며 떨어졌다. 그 끝에 하얀 파도를 몰고 오는 바다가 자그마하게 보였다. 해변으로 내려가는 길은 가파른 데다 온통 돌과 바위로 이루어져, 발을 헛디디지 않으려 조심조심 걸었다. 내려와서 본 해변은 훨씬 더 넓게 느껴졌다. 저 너머에 바다가 보이지 않을 정도였다. 적당히 평평한 잔디밭 위에 텐트를 치고, 주위를 둘러봤다. 꼭대기에서 해변을 볼 때 아무도 없어 보였는데, 내려와서 보니 더욱 확실했다. 부네스 해변은 야영지로 인기가 있는 곳이지만, 아직은 추운 시기라 그런지 그 누구도 없었다. 갈매기 새끼 한 마리조차 보이지 않았다. 휴대전화 화면에는 통신 불가 표시가 떴다. 정말 외딴곳에 떨어져 있다는 게 실감 났다. 아주 먼 과거의 인적 없는 어느 원시시대에 홀로 남겨진 듯한 기분이었다.

이 넓은 해변에 나 혼자 있다니, 기분이 묘했다. 한편으로는 좋았다. 마음만큼은 홀로 생존해야 하는 모험 영화 속 주인공이었다. 나만의 생존 게임을 시작했다. 먼저, 가장 중요한 물을 구해야 했다. 야영지 왼쪽 산꼭대기에서 물이 흘러 내려오는 게 보였다. 곧장 그곳으로 향했다. 텐트가 점으로 보일 정도로 거리가 꽤 멀었다. 시야에 들어오는데도 왠지 길을 잃은 것 같은 느낌이 이상야릇했다. 서둘러서 움직였다. 물이 떨어진 곳에 생긴 진흙을 밟고 미끄러졌지만, 다행히 바지 끝단과 신발만 젖었다. 바위틈에서 물을 길어 온 다음에는 휴대용 정수 필터로 걸렀다. 그 물로 함께 사 온 소시지와 양파를 듬뿍 넣어 라면을 끓이니, 작은 코펠이 넘칠 듯 가득 찼다. 쌀쌀한 바람이 부는 해변에서 따뜻한 라면을 먹으니 추위가 싹 달아났다. 맛은 두말할 것 없었고, 영양가와 든든함도 잡았다. 닭고기 맛이 나는 국물은 적당히 짭짤하고 담백해, 자극적인 맛을 그다지 즐기지 않는 나에겐 제격이었다.

배를 채우고 나자, 주변 풍경에 다시 눈길이 갔다. 해변 옆 산을 오르려 기슭을 배회했지만, 등산로를 찾지 못했다. 산세도 험해 오를 엄두가 나지 않아 바로 마음을 접었다. 다시 돌아와서는 텐트 주변을 천천히 거닐었다. 자연이 만들어 낸 기암괴석과 험한 바위산에서 눈을 떼지 못했다. 하늘에서는 따사로운 햇살이 구름 사이로 틈틈이 새어 나왔다. 가만히 서서 그 빛을 받고만 있어도 좋았다. 첫날 겪었던 악천후를 떠올리면 자연에 큰절하고 싶을 만큼 한없이 감사했다. 바닷가라서 텐트가 펄럭거릴 정도로 바람만 불 뿐이었다. 텐트 안으로 들어오던 냉기는 전날보다 확연히 줄어들었다. 내내 밝은 하늘이 이번에는 마음에 평화를 가져다주었다. 텐트에 누워 눈을 감았다. 먼발치에서 파도가 부서지는 소리가 잔잔하게 들려왔다. 파도는 일정한 리듬으로 귓가를 간질이며 속삭이듯 다가왔다. 바다의 소곤거림은 작지만 명료했다. 전날 거의 뜬눈으로 밤을 새워서인지, 구름을 뚫고 텐트로 비쳐 오는 햇빛에도 곤히 잠들었다. 파도 소리는 오로지 나를 위한, 세상에서 가장 아름다운 자장가였다. 날씨 하나가 백패킹의 분위기를 완전히 바꿔 놓았다. 내가 바라던 백패킹의 로망이 이루어지는 시간이었다.

09

셀카 찍는 즐거움

부네스 해변

꿀잠을 자고 일어나니 개운했다. 조심스럽게 텐트의 문을 살짝 열어 밖을 내다봤다. 여전히 몸이 부르르 떨릴 정도로 기온이 낮았고, 어느새 하늘이 흐려져 해를 마주할 수 없었다. 그러나 다행히 첫 야영 때 맛봤던 끔찍한 날씨는 되풀이되지 않았다. 비나 눈이 오지 않는 것만으로도 텐트에서 보낸 하루는 평화로웠다. 밖으로 나와 아침 공기를 온몸으로 느꼈다. 뒤쪽 언덕 자락에 언제 왔는지 모를 다른 캠퍼가 쳐 놓은 초록색 텐트가 작게 보였다. 순간 여러 의문이 들었다. 어제 내가 타고 들어온 배가 막배였다. 그 이후에 외부에서 이곳으로 오려면 아주 험난한 산을 타고 넘어와야 한다. 그게 아니라면 이 근처에서 하루를 머물렀다가 온 것일까? 주인은 누구이며, 언제, 어디서, 어떻게 왔는지 호기심을 참을 수 없었다. 그래도 이 넓은 바닷가에 나 같은 동지가 한 명 더 있으니, 왠지 반갑고 안심이 되었다. 인사를 먼저 건넬 겸 텐트에 다가갔다. 그러나 텐트에서는 아무런 인기척이 느껴지지 않았다. 결국 궁금증을 풀지 못한 채 애꿎은 빈 텐트만 바라보며 쓸데없는 상상만 잔뜩 하다 돌아섰다.

선착장으로 돌아가기 전, 남은 시간을 활용해 휴대용 삼각대로 인생 사진 하나쯤 남겨 보기로 했다. 산을 배경으로 이리저리 다양한 자세를 취해 보고, 제자리에서 열심히 뛰며 점프 샷에도 도전했다. 과정은 재밌었으나 결과물은 대체로 만족스럽지 않았다. 그나마 나와 텐트가 함께 나오게 찍은 사진이 마음에 들었다.

셀카에 서툴러서 그런 것일까. 평소에 여행을 다닐 때는 관광지에 가거나 멋진 풍경을 봐도 셀카를 한두 장 대충 탁 찍고 말았다. 기록용, 그 이상도 그 이하도 아니었다. 다른 여행자에게 부탁하자니 입이 잘 떨어지지 않았다. 작은 삼각대를 멀리 놓고 셀카를 찍는 건 더더욱 남들 이야기였다. 소매치기에 대한 걱정도 있었지만, 많은 사람이 있는 가운데 남자 혼자 그러자니 얼쯤했다. 하지만 이곳에서는 달랐다. 주변을 신경 쓸 일도, 눈치를 볼 일도 없었다. 찬 바람을 맞으며 30분 넘게 사진 찍기에 몰두했다. 나는 셀카 찍는 걸 좋아하지 않는 게 아니었다. 어쩌면 그 욕구를 그런 이유로 억누르고 있었던 게 아닐까. 내가 나를 찍는 행위가 이렇게 재밌는 것일 줄은 몰랐다.

한바탕 사진을 찍은 후에 텐트를 주섬주섬 정리해서 다시 언덕길에 올랐다. 전날 제대로 보지 못했던 마을 쪽 해안가 풍경을 실컷 눈에 담았다. 산으로 옴폭 둘러싸인 작은 만은 거칠게 굽이친 해안선이 매력이었다. 해변과는 또 다른 장관에 선착장에 가는 것도 잊은 채 한동안 눈을 떼지 못했다. 두 눈으로, 카메라로 한참 담고 나서야 발걸음을 옮겼다. 선착장에 거의 다다랐을 때쯤 비가 제법 내리기 시작했다. 다행히 대기실이 있어 몸을 피할 수 있었다. 기다린 지 불과 5분 만에 배가 도착했다. 알고 보니 시간표와는 다르게 경유지 순서를 바꿔서 빈스타드에 예정보다 10분 일찍 온 것이었다. 더 늦장을 부렸다면 전날처럼 오랜 시간을 꼼짝없이 기다릴 뻔했다. 배는 금방 레이네에 다다랐다. 다시 문명의 세계로 돌아온 듯한 기분이었다. 두 장소가 머릿속에서 선명히 대비되었다. 언덕 너머 외딴 해변에서 보낸 하루는 깊은 여운을 남겼다.

거친 풍경 속의
따뜻함

정겨운 향기를 품은 아름다운 어촌

레이네

로포텐 제도는 6개의 주요 섬(지자체)과 수많은 작은 섬들로 이루어져 있다. 그중 모스케네쇠위아*Moskenesøya*는 육로로 연결된 네 개의 주요 섬 가운데 가장 서쪽에 있다. 빙하와 자연이 오랜 시간에 걸쳐 빚어낸 웅장한 풍광으로 유명하며, 로포텐에서 가장 극적인 산세를 지닌 섬으로 손꼽힌다. 앞서 이틀을 보냈던 오와 부네스 해변도 이곳에 속한다. 레이네는 이 섬을 대표하는 마을이다. 300여 명이 거주하는 아주 작은 규모지만, 18세기 중반부터 로포텐 어업의 중심지로 중요한 역할을 해 왔다. 지금은 로포텐 여행에서 빼놓을 수 없는 핵심 코스로 꼽힌다. 레이네는 다른 섬들과 얇은 사슬처럼 이어진 독특한 지형, 그리고 베스트피오르*Vestfjord*와 레이네피오르*Reinefjord*가 만들어 내는 비경이 여행자들의 마음을 사로잡는다. 1970년대 후반에는 노르웨이의 한 저명한 주간지에서 레이네를 '노르웨이에서 가장 아름다운 마을'로 선정하기도 했다. 지금도 세계 어디에 내놓아도 손색없을 만큼 깊은 아름다움을 간직한 곳이다.

레이네는 로포텐을 관통하는 E10 도로와 바다를 사이에 두고 H 자처럼 맞닿아 있다. 도로를 따라 마을 주변을 산책하듯 걸었다. 도로변 곳곳에 마련된 간이 전망대에서는 마을을 한눈에 담기 좋았다. 마을 초입에 있는 작은 주차장 겸 전망대도 제 역할을 충실하게 했다. 별다른 시설은 없어도, 풍경이 모든 것을 말해 주는 절묘한 조망 포인트였다. 산의 뾰족한 봉우리가 하늘로 거침없이 향했고, 잔잔하고 청초한 바다가 그 곁에서 조화를 이뤘다. 해안가를 따라서는 어부들의 숙소인 빨간 로르부*Rorbu*와 하얀 집들이 오밀조밀하게 모여 있었다. 여행자들은 저마다 짐벌을 단 휴대전화로 풍경을 찍거나, 셀카봉을 뻗어 자신의 행복한 모습을 담았다. 젊은이부터 나이가 지긋한 어르신까지 모두 사진 삼매경에 빠졌다. 다른 전망대에도 어디서 단체로 여행을 왔는지, 대형 버스 두 대가 주차되어 있고 수십 명이 삼삼오오 모여 절경을 감상하고 있었다. 로포텐에 들어온 후 사람을 보기가 힘들어 홀로 고독한 행군을 하는 것 같았는데, 그 모습을 보니 그제야 여행지에 왔다는 게 실감이 났다.

마을 곳곳에는 고향을 떠올리게 하는 정겨운 모습도 가득했다. 내가 사는 포항의 외곽 어촌 구룡포에서는 겨울철에 과메기를 만들기 위해 청어나 꽁치를 말리는 모습을 볼 수 있다. 로포텐에서 그런 정취를 만들어 내는 주인공은 대구였다. 대구잡이는 고대부터 지역 사람들에게 중요한 생계 수단이었다. 스칸디나비아 북부와 러시아 극서 북부, 스발바르 제도를 끼고 있는 바렌츠해는 새끼 대구가 밀집해 있는 중요한 서식처이다. 한겨울이 되면 다 큰 대구들이 산란하기 위해 무리를 지어 노르웨이해로 내려온다. 그러면서 자연스럽게 로포텐 바다에 어장이 형성된다. 산란은 1월부터 4월까지 이어지며, 이 시기에 로포텐은 대구잡이로 한창 분주하다. 어획이 끝나면 나무로 만든 건조대에 대구를 널어놓고 해풍으로 한동안 잘 말린다. 이후 대구를 거두어 가공과 포장 등 후처리 작업을 하여 세계로 수출한다. 여름날에는 대구를 덕장에 널어 말리는 모습을 레이네를 비롯한 로포텐 곳곳에서 볼 수 있다. 덕장 근처를 지나가자 생선을 말리는 비릿한 냄새가 코끝을 스쳤다. 그 냄새가 친숙한 내게는 향기나 다름없었다.

레이네는 그저 걸으면서 풍경만 봐도 좋은 곳이었다. 다른 세상에 온 듯한 아름다운 풍경과 정다운 어촌의 정취가 어우러져, 한참을 그 속에 빠져 머물고픈 묘한 매력이 있었다. 마을로 돌아와서도 해안가 한쪽에 서서 건너편에 펼쳐진 풍경을 한동안 바라보았다. 그러고는 서클 케이에 들렀다. 지갑이 얇은 여행자에게는 더할 나위 없이 좋은 곳이었다. 조각 피자 두 개와 감자튀김으로 저녁을 해결했다. 마음에 남아 있던 피스케버거도 다시 사 먹으며 여유로운 한때를 즐겼다.

02

잠시 미루어 둔 것들

레이네

레이네에서 여유를 만끽할 수 있었던 건 아늑한 숙소 덕분이었다. 첫날부터 로포텐의 매운맛을 보고 나니, 혼이 쏙 빠졌다. 숨을 돌리고 정비할 시간이 필요했다. 내 경험으로는 여정 내내 노지에서 야영하는 건 무리일 듯했다. 레이네에는 마땅한 야영지도 보이지 않아 이번 한 번만 숙소를 이용하기로 했다. 전날 부네스 해변에 가기 전에 숙소를 찾아본 터라 선택지가 많지 않았지만, 다행히 마음에 쏙 드는 곳을 잡을 수 있었다. 숙소는 연한 상아색의 아담한 이층집이었다.

내부 구조는 겉보기와는 조금 달랐다. 1층은 2층으로 향하는 통로 겸 숙박객 응대도 하는 작은 공간이었다. 2층에는 네 명 정도 둘러앉을 수 있는 테이블과 공용 욕실 등 아담한 숙소에 알맞은 공간이 있었다. 벽과 천장이 갈색 목재로 마감되어 따스하고 차분한 분위기였다. 2층 위에는 좁게 난 한 층이 더 있었다. 내 방은 제법 가파른 계단을 올라야 하는 바로 그곳, 다락방이었다. 가장 저렴한 방이었지만, 며칠 더 머물고 싶을 만큼 마음에 들었다. 천장이 비스듬하게 내려오는 방은 키 170cm가 채 안 되는 내가 서기에 딱 맞을 정도로 아담했다. 진한 하늘색으로 칠해진 목재 벽은 공간에 밝고 경쾌한 분위기를 더했다. 방에는 싱글 침대와 작은 탁자가 있었고, 알록달록한 테이블보와 카펫이 공간을 아기자기하게 채웠다. 액자 같은 작은 창에 담기는 마을 풍경은 명화나 다름없었다. 검은 지붕을 덮은 빨간 로르부들과 그 뒤로 굽이쳐 솟은 산, 사이사이를 채우는 푸른 바다가 이루는 그림에서 눈을 떼지 못했다. 나는 어느 동화 속 예쁜 마을에 사는 주인공이 된 것 같았다. 텐트에서 문을 열고 풍경을 마주하는 것도 좋았지만, 푹신한 침대에 누워 창밖을 바라보는 이 순간은 고급 호텔 못지않았다. 단 하루만 야영을 접고 숙소에 머무는 것만으로도 지친 몸이 많이 회복되는 듯했다.

바다 위의 알프스, 로포텐을 걷다

레이네에서 하지 않은 것이 또 있었다. 나를 로포텐으로 이끈 그곳, 레이네브링엔 등산이었다. 여행을 준비할 때부터 잔뜩 기대하며 꼭 오르겠다고 마음먹었는데, 정작 로포텐에 와서 그 생각을 접었다. 등산로가 험하다는 평 때문이었다. 바위를 타고 올라야 하는 구간이 있으며, 길이 뚜렷하지 않고 미끄럽기도 하단다. 심지어 산길에 올랐다가 세상을 떠난 사람도 몇 있다고 한다. 2015년에는 가을 방학을 맞아 여행을 온 미국인 대학생이 이곳을 오르다 실족해, 일주일 후에 싸늘한 주검으로 발견되는 안타까운 사고가 있었다. 그런 이야기들을 보는 순간, 그곳을 오르고 싶은 마음이 거짓말처럼 사라졌다. 그 환상적인 풍광을 보기 위해서는 낮은 확률이라도 위험을 감수해야 하는 곳이었다. 물론 멀쩡하게 다녀오는 사람이 대부분이고 불상사가 발생하는 경우는 드물 것이다. 그러나 그 불운한 주인공이 내가 될지도 모른다고 생각하니 덜컥 겁이 났다. 야외 활동하기에 더없이 좋은 날이었지만, 나는 그 잠재된 위험을 무시하지 않기로 했다. 여행 정보 사이트에도 난도가 '어려움'으로 나와 있었다. 이런 안전 문제 때문에 등산로에는 계단을 놓는 공사가 한창이었다.

일상과 마찬가지로, 여행에서도 여러 선택지 중 하나를 택해야 하는 순간이 자주 찾아온다. 주로 한정된 시간과 비용이 기준이었다. 슬로베니아에서는 일정이 짧아 블레드 호수를 계획에서 제외했고, 스위스에서는 비싼 비용 때문에 마터호른과 융프라우를 가지 않았다. 로포텐에서는 안전이 기준이었다. 나는 이제 막 백패킹에 입문했고, 등산 경험도 많지 않았다. 물론 이 먼 북방까지 와서 내 가슴을 뛰게 만든 곳에 가지 않는다는 것은 아쉬운 일이었다. 하지만 그것을 포기라 여기지 않았기에 미련은 없었다. 나중을 기약하며, 잠시 미뤄둔 것뿐이다. 섬은 늘 그 자리에 있고, 산은 새롭게 탈바꿈하고 있다. 내 의지만 있으면 된다. 언젠가 계단이 모두 놓인다면 그때 꼭 오르겠다고 다짐하며, 로포텐을 다시 찾아야 하는 이유로 남겨 두었다.

03

순백의 바다에 머물다

람베르그 해변, 누뺀

레이네에서 맞이하는 아침은 상쾌했다. 단 두 밤을 텐트에서 보낸 후 아늑한 침대에 누운 것뿐인데, 몸을 일으키기가 싫을 만큼 편안했다. 전날 체크인한 이후로 침대와 하나가 된 것처럼 누워 있으니 피로가 많이 풀렸다. 깊게 휴식한 만큼 기운차게 배낭을 메고 퇴실하러 내려갔다. 주인은 잠깐 어디 나갔는지 보이지 않았다. 방 열쇠를 탁자 위에 살포시 올려놓았다. 그리고 메모지에 간단하게 감사 인사를 남겨 함께 두고 밖으로 나왔다. 따스한 햇볕이 내리쬐어 온기가 느껴졌다. 버스 정류장에는 여행자 대여섯 명이 있었다. 한국인 중년 부부가 대화를 나누는 소리도 들려와 반가웠다. 레이네를 떠나 향하는 곳은 인접한 섬인 플락스타되위아*Flakstadoya* 북부의 아름다운 해변 마을 람베르그*Ramberg*이다.

버스는 정류장에서 기다리던 승객을 태우고 동쪽으로 향했다. 창 너머로 빠르게 지나가는 풍경에 시선을 고정했다. 30분에 불과한 짧은 시간 동안에도 변덕스러운 날씨는 이름값을 했다. 파란 하늘에 슬며시 드리운 먹구름은 비를 흩뿌리고 멈추기를 반복했다. 람베르그에 도착했을 땐 흰 구름이 솜뭉치처럼 떠다니는 푸른 하늘이 반겨 주었다. 정류장에서 내려 도로를 따라 조금 걸어 올라가니 캠핑장이 나왔다. 예약은 하지 않았던 터라 현장에서 체크인을 시도했다. 리셉션이라고 쓰인 빨간색 건물 안으로 들어갔다. 적갈색으로 꾸며진 내부가 고풍스러웠다. 데스크에는 아무도 없었다. 그 앞을 서성이다가 허공에 대고 인사를 하니, 안쪽 방에서 체인이 달린 예스러운 안경을 쓴 주인아주머니가 나왔다. 텐트를 치고 하루를 머물고 싶다고 하자, 그녀는 친절하게 절차를 설명해 주었다. 장부에 간단한 신상 정보를 적고 캠핑장 안으로 들어갔다. 정해진 구역 안에서는 텐트를 자유롭게 설치할 수 있었다. 나는 다른 객실과 차로부터 조금 떨어진 곳에 자리를 잡았다. 텐트를 치기 전 여지없이 비가 찾아왔으나, 잠깐 머물다 가는 손님처럼 금방 떠나갔다. 비가 그친 뒤의 하늘은 말끔히 씻긴 듯 푸르고 청명했다. 맑은 하늘을 쳐다보니 기분도 덩달아 좋아졌다. 캠핑장 뒤편에 있는 람베르그 해변Ramberg Beach도 맑고 청량했다. 바다를 바라만 봐도 탄산음료를 한 모금 마신 듯한 기분이었다. 모래는 설탕처럼 희고 고와서 한 입 먹으면 사르르 녹을 것만 같았다. 몇몇 사람이 천천히 해변을 거닐며 저마다 시간을 보내고 있었다.

라면으로 간단하게 점심을 만들어 먹고 나서 해변 뒤편의 산인 누벤Nubben으로 향했다. 버스 정류장에서 도로를 건넌 다음 집들 사이로 빠져나가자, 넓적한 물탱크 옆으로 좁게 난 등산로가 보였다. 산을 슬쩍 올려다봤다. 부네스 해변에 갈 때 넘었던 언덕보다 세 배 높은데, 그보다 훨씬 가팔라 보였다. 중턱에서 내려오는 등산객의 모습이 왠지 위태로워 보였다. 자칫 발을 헛디뎠다간 굴러떨어져도 이상할 게 없을 듯했다. 등산로는 겉보기와 같게 처음부터 끝까지 경사가 급했다. 조금만 올라가도 숨이 확 차올랐다. 그러나 밑에서 본 것과는 다르게 길이 험하지는 않았다.

중간중간 경치도 보고 쉬어 가며 30분쯤 올라 꼭대기에 다다랐다. 해변과는 달리 정상에는 거센 바람이 몰아쳤다. 비니를 푹 덮어쓰고 몸을 가눠 앞을 바라봤다. 푸른 물감을 풀어 놓은 듯한 바다와 부드러운 곡선을 그리는 람베르그 해변이 한눈에 내려다보였다. 하얀 백사장이 더욱 도드라져 보였다. 뭉게구름이 손에 잡힐 듯 낮게 뜬 파란 하늘은 풍경을 한층 입체적으로, 색채도 더욱 짙게 만들었다. 고개를 왼쪽으로 돌리자, 바다를 가득 메운 모스케네쉬위아의 굴곡진 산맥이 시야를 압도했다. 산자락 아래 초원에는 집들이 옹기종기 모여 있었다. 또 다른 마을인 프레드방^{Fredvang}이다. 프레드방 또한 험준한 산맥을 끼고 있어 다른 쪽에서는 차량으로 들어갈 수가 없다. 바다 위 작은 다리가 마을을 연결하는 유일한 육로이다.

로포텐에 와서 처음으로 산에 올라 파노라마로 펼쳐지는 풍경을 보니, 비바람 속에서 밤을 보내며 고생했던 앞선 날에 대한 보상을 받은 기분이었다. 휘몰아치는 차가운 바람에 얼굴이 얼얼했지만, 멋진 풍경을 앞에 둔 상황에서는 중요하지 않았다. 람베르그에서 로포텐의 매력에 더욱 빠져들었다.

04

맥주를 떠나보내는 일

람베르그

멋진 바다를 품은 캠핑장에서 한가롭게 시간을 보내고 있으니, 저절로 맥주 생각이 났다. 따뜻한 공용 주방에 앉아 맥주를 곁들여 저녁을 먹는 것만큼 기분 좋은 일이 또 있을까. 누벤 등산을 마친 후에는 해변을 거닐며 쉬다가, 저녁 무렵에 람베르그에서 유일한 마트인 분프리스*Bunnpris*를 찾았다. 널찍한 매장을 탐방하듯 천천히 둘러보며 재료를 골랐다. 그리고 내내 머릿속에 맴돌던 맥주도 노르웨이산으로 망설임 없이 한 캔을 집어 들었다. 장바구니를 들고 호기롭게 계산대를 향해 가려는 순간, 불길한 예감이 머리를 스쳤다. 시계를 쳐다봤다.

다름 아닌 주류 구매에 시간제한이 있다는 사실을 뒤늦게 떠올렸기 때문이다. 대부분 유럽 국가에서는 음주로 인한 여러 사고를 예방하는 차원에서, 슈퍼나 마트에서 주류를 살 수 있는 시간에 제한을 둔다. 그래서 맥주를 사 마시고 싶을 때면 늘 그 시간을 신경 써야 했다. 노르웨이에도 이 규정이 있다는 건 미리 알고 있었다. 평일인 오늘은 오후 8시까지 살 수 있다. 그런데 그 사실을 까맣게 잊고 있다가, 맥주를 냉장고에서 꺼내고 나서야 갑자기 떠올랐다. 하늘이 종일 대낮처럼 환하다 보니, 시간개념에 둔감해진 것도 있었다. 이번 여행에서 교통수단을 이용할 때를 빼면 시간은 별로 중요하지 않았다. 그래서 몇 시든 상관없이 느긋하게 움직여 왔다. 벌써 시간이 이렇게 됐다는 사실에 깜짝 놀랐다.

시간은 이미 오후 8시에서 몇 분이 더 흐른 상황이었다. 그래도 혹시나 하는 기대와 함께 맥주를 계산대에 슬그머니 내려놓았다. 점원은 다른 제품의 바코드를 먼저 찍은 후, 맥주를 집어 들었다. 그때 점원에게 조심스레 물어보았다.

"혹시… 시간이 지났을까요?"

"네, 8시가 넘어서 판매할 수 없어요."

돌아오는 답은 뻔했다. 점원은 맥주를 계산대 옆으로 따로 빼냈다. 어쩔 수 없다는 듯 옅은 미소를 띠며 고개를 좌우로 흔들었다. 예상은 했지만, 내심 아쉬웠다. 맥주를 집은 건 8시 이전이라 어떻게 안 될까 싶은 마음도 있었지만, 철저히 계산하는 시점이 기준이었다. 점원이 봐주고 싶어도, 정해진 시간이 지나면 계산 자체를 못 하게 시스템이 설계되어 있을지도 모르는 일이었다. 못내 아쉬워도 규정을 거스를 순 없었다. 결국 저녁거리만

들고 캠핑장으로 돌아갔다. 조금만 더 일찍 왔더라면 문제없이 맥주를 살 수 있었을 텐데, 그렇게 기대하던 것을 단 몇 분 차이로 눈앞에서 놓치니 허탈했다. 맥주 한 캔을 손아귀에 넣었다가 떠나보내는 일이 이토록 씁쓸할 줄이야.

　바다 위의 알프스, 로포텐을 걷다

05

사소한 것이 주는 행복

람베르그 해변, 플락스타틴

새로운 하루가 찾아왔다. 떠나기가 싫었다. 노지에서 야영하는 것과는 차원이 다르게 편안했다. 똑같이 텐트에서 지내는 것이지만, 외진 곳이 아닌 시설이 잘 갖춰진 곳에서 머무니 보호를 받는다는 안정감이 들었다. 악천후가 오거나 몸 상태가 좋지 않은 날 등 여행하기 어려운 날을 대비해 예비 일정으로 하루를 비워 뒀는데, 캠핑장이 너무 좋은 나머지 이곳에 머무는 데 쓰기로 했다. 곧장 리셉션으로 가서 하루 더 머물고 싶다고 말하고 요금을 냈다. 사소한 고민거리가 사라지니 홀가분했다.

오늘은 람베르그에서 3km쯤 떨어져 있는 산인 플락스타틴*Flakstadtind*에 가기로 했다. 그러나 어제와 전혀 딴판인 날씨가 심상치 않았다. 당장 비가 내려도 이상하지 않은 하늘을 근심 어리게 바라보며 우산을 챙겨 길을 나섰다. 곧게 뻗은 도로변을 따라 걸었다. 시선이 닿는 저편에는 가로로 깊게 들어간 만과 그 너머에 우뚝 솟은 산이 보였다. 갓길을 따라 천천히 걷는 동안 캠핑카를 비롯해 차들이 이따금 내 옆으로 시원하게 달렸다. 잘 만든 캠핑카 광고의 한 장면 속에 서 있는 기분이었다. 그 모습을 보자 질주하고 싶다는 욕망이 솟구쳤다. 언젠가 로포텐에 다시 온다면, 캠핑카로 다니고 싶다는 욕심이 생겼다.

한적한 길을 여유롭게 거닐다 보니 어느새 등산로 근처에 다다랐다. 단체로 여행을 왔는지 도로 옆 해변에 대형 버스가 주차되어 있었다. 바다 옆 풀밭에 덩그러니 놓인 파란색 텐트 한 채도 보였다. 캠핑카 몇 대가 자리를 잡은 캠핑장도 시야에 들어왔다. 인적이 뜸하지는 않은 것으로 보아 여행자들이 제법 찾는 곳인 듯했다. 그 맞은편에 높다란 전신주 밑으로 산길이 이어졌다. 이곳이 시작점이라는 것을 미리 확인하고 왔어도 길이 뚜렷하지 않아 잠시 망설였는데, 천천히 걸어가다 보니 곧 옳은 길임을 알리는 표식과 이정표가 나타났다. 확신하며 산을 오르기 시작했다. 이곳은 누벤보다 두 배 정도 높지만, 초반에는 경사가 심하지는 않아 오르기가 더 수월했다. 얼마간 올라 산 중턱 너른 평지에 다다랐다. 정상으로 보이는 지점도 눈에 들어왔다. 그때 비가 꽤 내리기 시작했다. 물구멍이 촘촘한 샤워기를 틀어 놓고 그 아래에 서서 맞고 있는 느낌이었다. 산마루는 구름 속으로 자취를 감췄고, 저 멀리 선명했던 산과 바다도 희미하게 보였다. 잠잠했던 기류도 자극을 받았는지 강한 바람이 휘몰아쳤다. 우산을 쓴 채로 그 자리에 멈춰 서서 더욱 뿌예지는 주변을 하염없이 바라보기만 했다. 여기까지 올라온 게 아쉬워서라도 더 가고 싶었다. 그러나 가시거리가 좋지 않았고, 땅도 미끄러울 것으로 판단하여 이만 하산했다. 여기까지 걸어오는 길에 만났던 풍경들을 실컷 즐긴 것에 만족했다.

　비를 뚫고 걸어 돌아가는 길은 왔던 길보다 더 멀게 다가왔다. 그래도 편하게 몸을 기대고 머물 곳이 있다는 걸 떠올리니 힘이 났다. 캠핑장에 거의 다다랐을 때쯤 비가 차츰 잦아들었다. 우산을 접고 해변을 거닐었다. 그냥 걷자니 왠지 심심해, 등산 스틱으로 모래 위에 낙서했다. 양팔을 벌려 구불구불한 선을 그리고, 그 중앙에 영어로 '행복의 길'이라고 적었다. 로포텐에서, 람베르그에서 머물며 느낀 속마음이 그대로 튀어나왔다. 아무것도 없는 노지에서 지내다가 기본 시설이 갖춰진 캠핑장에서 머무는 건 행복한 일이 아닐 수 없었다. 10크로네를 내면 일정 시간 동안 따뜻한 물로 샤워를 할 수 있었고, 공용 주방에서는 넓적한 핫플레이트로 편안하게 음식을 해 먹을 수 있었다. 이는 여태껏 살면서 마땅히 누린 것들이었다. 이처럼 사소하고 당연한 것들에 행복을 느낀 적이 있었는지 되짚어 봤지만 떠오르지 않았다. 백패킹이 아니었다면 그 소중함을 몰랐을 것이다. 애석하게도 금세 파도가 밀려오며 길은 흔적도 없이 사라졌다. 영원한 행복은 없다는 의미일까. 내일부터 다시 노지에서 야영하면, 지금 느끼는 행복도 마음 한구석 저편으로 잠시 사라질 것이다. 그래서 더 소중하게 느껴졌다. 저녁은 전날처럼 분프리스에서 간단한 식료품을 사다가 소시지 수프를 끓여서 빵과 함께 먹었다. 맥주도 이번에는 여유 있게 집어 왔다. 텐트에서 코펠에 끓여 먹는 것과 별반 다르지 않은 밥상이지만, 마치 소꿉장난하듯 겨우 음식을 해 먹던 그때보다 훨씬 여유롭고 풍족하게 식사를 할 수 있었다. 아늑한 실내와 테이블은 고급 레스토랑 부럽지 않았다. 파도에 지워진 모래사장 위의 길처럼, 내일이면 사라질 오늘의 행복을 맘껏 누렸다.

06

초심자의 욕심

볼란스틴

행복했던 하루가 흘렀다. 종일 밝은 하늘 아래에 있다 보니 하루가 끝나지 않는 느낌이었지만, 여행도 어느덧 후반부에 접어들었다. 람베르그 캠핑장은 사막의 오아시스와도 같았다. 마음 같아서는 아예 여행을 마칠 때까지 이곳에 눌러앉아 있고 싶었다. 그새 정들었던 람베르그 바다와 작별했다. 오늘 야영지는 이곳에서 얼마 떨어지지 않은 산인 볼란스틴*Volandstind*이다. 오후 3시까지는 비가 온다고 예보되어 있지만, 이후부터 다음 날 오전까진 비 소식이 없어 산에서 야영하기로 했다. 캠핑장을 빠져나와 서쪽으로 40분쯤 걸어가자 작은 삼거리가 나왔다. 왼쪽 길로 접어들어 등산로가 시작되는 지점으로 향했다. 뒤를 돌아보니 끄트머리가 둥글게 말려 떨어지는 쭉 뻗은 산맥이 눈에 들어왔다. 마치 사자가 엎드려 기지개를 켜는 형상이었다. 다소 오르막 진 구간을 넘어가자, 작은 건물 한 채와 큰 대구덕장이 나왔다. 그 오른쪽에 전신주 옆으로 난 등산로가 보였다. 울타리처럼 생긴 작은 문을 조심스레 밀고 들어갔다.

볼란스틴은 다른 곳에 비해 산세가 역동적이었다. 구간에 따라 특징이 조금씩 달랐는데, 크게 세 단계로 구분할 수 있었다. 1단계는 시작점에서 멀지 않은 곳에 있는 작은 목조 대피소까지다. 2단계는 대피소부터 전신주를 따라 난 산길을 올라 정상 부근까지 가는 구간이다. 경사가 제법 급하고 바위와 돌이 노출되어 있어 길이 험하다. 3단계는 방향을 틀어 정상으로 가는 마지막 구간이다. 바위가 무더기로 깔린 구간을 지나야 한다. 대피소까지 이어지는 길은 완만해 수월하게 올랐다. 잠시 휴식하며 냇물을 받고, 주변을 돌아봤다. 비를 피할 수 있는 목조 건물과 가운데가 뻥 뚫린 커다란 테이블이 보였다. 지대도 평평해 야영하기에 환경이 좋아 보였다. 그 뒤로 이어진 길은 급경사를 그렸다. 잠시 고민했다. 이곳에 짐을 푸느냐, 아니면 그대로 정상까지 가느냐. 처음 마음먹은 대로 대피소를 뒤로하고 야심에 차서 정상을 향해 올랐다. 그러나 걸을수록 몸이 점점 무거워졌다. 배낭을 짊어지고 거친 산길을 헤쳐 가니 숨이 벅찼다. 허리도 조금씩 찌릿했다. 하지만 이미 먼 길을 올라왔다. 되돌아가기에는 아쉬워, 그대로 정상을 향해 직진했다.

가파른 구간을 통과하고 마주한 평지에서 산 아래의 풍경을 바라보며 잠시 숨을 돌렸다. 마지막 구간을 걷다가 발이 바위틈에 미끄러졌다. 순간 발목이 꺾였다가 원래대로 돌아왔다. 시큰거렸지만 다행히 금방 괜찮아졌다. 하마터면 발을 접질릴 뻔했다. 여기서 주저앉았다면 큰일이었다. 가슴을 쓸어내리며 차분하게 올랐다. 어렵사리 정상에 도달했다. 숨을 거칠게 내쉬며 배낭을 툭 내려놓았다. 서편에 펼쳐진 웅장한 피오르가 눈에 들어왔다. 길고 둥근 해안선을 따라 산들이 늘어서 있었다. 하늘에는 하얀 구름이 깊고 무겁게 내려앉아 있었다. 사뿐히 뛰면 닿을 듯 가까웠다. 산마루는 그 속에 숨어 자취를 감췄지만, 산 자체가 가진 입체감은 가려지지 않았다. 다른 쪽에는 프레드방 마을이 정면에 보였다. 마을을 연결하는 다리와 그 주변에 자리한 섬들은 자연과 인공이 절묘하게 조화를 이루는 예술 작품이었다. 갈색빛 잔디밭이 카펫처럼 깔린 섬들은 보기만 해도 포근했다. 유려한 곡선을 그리는 얇은 다리는 튀지 않고 자연과 어우러졌다. 바다는 햇볕을 받지 못해도 그 푸르름을 미묘하게 드러냈다. 누벤에서 얼마 떨어지지 않은 곳이지만, 전혀 다른 각도로 조망할 수 있어 질감이 새로웠다. 날씨까지 맑았다면, 훨씬 더 생동감이 넘치는 풍경을 볼 수 있었을 테다.

넉넉히 경치를 즐기고 나자 슬슬 잠자리가 걱정되었다. 사전에 찾아본 여행 정보에 따르면, 창조적인 백패커라면 정상에서 박지를 구할 수 있다고 했다. 그런데 아무리 둘러봐도 텐트를 칠 만한 자리가 보이지 않았다. 정상은 등산로 외에는 비탈져 있었다. 최대한 비탈면 끝으로 올라가서 조금이라도 경사를 줄여 보고자 했다. 기울어진 땅에서 어떻게든 텐트를 쳤다. 하지만 그 상태에서 생활하는 건 도저히 어려웠다. 한 손으로 코펠을 붙잡고 소시지 수프를 끓이다 그만 손을 놓쳐 버렸다. 코펠과 버너가 확 기울어졌으나, 재빨리 붙잡아 저녁 식사를 지켜낼 수 있었다. 잠을 자는 것도 어려웠다. 기울어진 바닥에 누워 억지로 균형을 잡으려니 힘이 많이 들고 불편했다. 힘을 빼면 몸이 텐트 구석으로 미끄러졌다. 결국 잠을 청하지 못하고 뜬눈으로 자정을 넘겼다. 그러다 새벽 2시쯤 결국 텐트를 거두고 배낭을 싸 대피소로 향했다. 처음으로 산 정상에서 야영하며, 다음 날 눈을 뜨면 텐트 밖에 그림 같은 풍경이 펼쳐지는 하루를 보내기를 기대했다. 그러나 어림도 없었다. 차라리 아래에 텐트를 펼쳐 놓고, 가벼운 몸으로 정상에 올라 경치를 즐기며 시간을 보내다 홀가분하게 내려오면 그만이었다. 나는 이제 막 엿새째 텐트를 친 초보 백패커에 불과했다. 내 상태를 고려하지 않은 채 욕심을 앞세웠다가 힘겨운 상황을 맞이했다. 산꼭대기에서 야영한다는 것은 상당한 체력과 경험이 필요한 일이었다. 이번이 아니었어도 언젠간 반드시 겪었을 시행착오였다.

07

길 위의 든든한 조력자

레크네스

첫 버스가 지나가는 7시 반까지 대피소에서 꼼짝없이 기다렸다. 구름인지 안개인지, 혹은 두 가지가 섞였는지 모를 수증기의 결정이 만에 닿을 듯 낮게 깔려 묘하고 신비한 분위기를 자아냈다. 뜬 눈으로 대피소 안 나무 의자에 한참 앉아 있다가, 남은 재료로 아침을 해 먹고 하산해 버스가 서는 삼거리로 이동했다. 몇 분쯤 기다렸을까. 정적만이 감돌던 도로의 왼쪽 끝에서 버스가 불빛을 반짝이며 다가왔다. 곧이어 문이 열렸다. 오에서 봤던 그 기사였다. 괜히 반가운 마음이 들었다. 그녀가 목적지를 물었는데, 나는 어디에 머물렀냐는 말로 잘못 이해하여 저 산꼭대기에 있다가 내려왔다고 답했다. '이만큼 고생했고 이런 일이 있었어요!'라며 막 얘기하고 싶었던 모양이다. 내가 엉뚱한 말을 했으니 당연히 대화가 제대로 이어질 리 없었다. 그녀는 내 대답에 당황했는지 "나르비크*Narvik*에 간다고요?"라고 되물었다. 나는 그제야 아차 싶어 화들짝 놀라 아니라고 했다. 에베네스 공항*Evenes Lufthavn*이 있는 나르비크는 로포텐의 또 다른 관문으로, 노선의 종점이자 동쪽으로 300km 넘게 떨어진 아주 먼 곳이다. 그곳으로 가면 심각하게 곤란해진다. 나는 레크네스*Leknes*에 가야 한다고 다시 전하면서 속이 왠지 화끈거렸다.

"일요일 아침의 레크네스는 참 고요하죠?"

"네, 그러네요. 감사합니다!"

버스는 천천히 30분을 달려 레크네스에 도착했다. 그녀가 유일한 승객이었던 나를 정류장에 내려 주며 꺼낸 한마디였다. 베스트보괴위아*Vestvågøya* 섬의 중심인 레크네스는 로포텐에서 두 번째로 많은 3,500여 명이 거주하는 큰 도시이다. 국내선을 운항하는 공항이 있고, 간선 버스 노선이 서쪽의 오와 동쪽의 스볼베르로 분기하는 교통의 요충지이다. 대형 마트를 비롯해 다양한 편의 시설이 있어 지역 주민은 물론 여행자들도 필요한 일들을 해결할 수 있다. 그러나 일요일에는 도시의 하루가 늦게 시작한다. 가게들은 오전 10시가 넘어야 문을 열고, 아예 쉬는 곳도 많다. 굳이 급할 이유도, 그럴 필요도 없는 오전 8시의 레크네스는 유령도시처럼 조용했다.

오늘은 헤우클란 해변*Haukland Beach*으로 이동해 하루를 머물 계획이다. 해변 근처에는 편의 시설이 없어, 미리 필요한 식료품을 장만해야 한다. 다행히 일요일에 여는 곳 중에는 마트도 있었다. 버스 정류장에 앉아 개점 시간까지 무작정 기다리다 오전 10시가 되어 마트에 갔다. 하지만 문은 여전히 닫혀 있었고, 불도 꺼져 있었다. 조금 더 기다려 봤지만, 도저히 영업을 시작할 기미가 보이지 않아 당황하며 주변만 서성거렸다. 그때 저편에서 마트로 한 어르신이 걸어왔다. 나는 곧장 인사를 건네며 어찌 된 일인지 물어봤다. 일요일에는 본 건물 옆에 있는 별관에서 영업한다고 했다. 나는 그 옆에 다른 건물이 있다는 것조차 몰랐다. 거주민이 아니면 알기 힘든 사실이었다. 덕분에 순조롭게 장을 볼 수 있었다.

진짜 고민거리는 9km쯤 떨어진 헤우클란 해변까지 가는 것이었다. E10 도로를 따라 절반 정도를 가면 작은 갈림길이 나오고, 방향을 틀어 다른 길로 접어들면 해변에 닿을 수 있다. 그러나 일요일에 해변까지 들어가는 버스는 없었다. 선택지는 두 개였다. 걸어서 가거나, 차를 얻어 타거나. 히치하이크를 하는 게 편하고 빠른 방법이지만, 살면서 단 한 번도 해 본 적이 없으며 할 용기도 나지 않았다. 람베르그에서 인도에 서서 두꺼운 종이에 목적지를 쓰고 히치하이크를 시도하는 여행자를 얼핏 보았는데, 그 모습이 대단하면서도 나는 저렇게 못 하겠다고 생각했다. 생판 모르는 사람 차에 타야 한다는 막연한 두려움이 있었기 때문이다. 그렇게 선택지 하나를 쉽게 없앤 후, 몸이 고생하는 쪽을 택했다. 그래도 걸어갈 만할 줄 알았지만, 몸은 마음과 달랐다. 전날 고생하며 쌓인 피로가 몸을 더 무겁게 만들었다. 몸이 회복되지 않은 채 걸어가려니 얼마 못 가 금방 지쳤다. 배낭 무게와

거리가 지금보다 두 배였던 훈련소 행군을 어떻게 완주했는지 신기할 따름이었다. 그나마 차도 옆에 보행자 겸용 자전거 도로가 따로 나 있어서 다행이었다. 한시름 놓고 걸으며 경치를 눈에 담을 수 있었다. 차를 탔다면 빠르게 지나쳤을 주변 풍경을 보며 천천히 목적지를 향해 갔다. 큰 도로를 지나 해변으로 이어지는 얕은 산길을 앞두고 드넓은 평원에 집이 몇 채 모여 있는 작은 마을을 지나가는데, 창문 너머로 누군가 크게 소리를 쳤다. 처음에는 이웃을 부르는 줄 알았다. 알고 보니 나를 부르는 소리였다.

"힘들면 잠깐 들어와 차나 커피 한잔 마시면서 쉬었다 가요."

몸집이 작은 청년이 자기 뒤통수까지 높게 솟은 배낭을 메고 걸음을 옮기는 게 힘들어 보였던 것일까. 나는 무척이나 감사하면서도 꾀죄죄한 꼴로 낯선 이의 집에 들어가 쉬는 건 실례라고 생각했다. 게다가 낯선 이에 대한 경계가 없었다면 그것 또한 거짓말이었다. 내가 조심스럽게 거절하자, 아주머니는 잠시 기다리라며 다시 집 안으로 들어갔다. 그러더니 성경책 한 권을 들고나와 내용을 전해 주었다. 전혀 생각지 못한 전개에 이를 뿌리치고 가야 하는지, 계속 듣고 있어야 하는지 순간 고민했다. 하지만 그녀는 아랑곳하지 않고 평온한 표정과 차분한 목소리로 계속 말해 나갔다. 나는 그 내용을 잘 이해하지는 못해도, 어느새 고개를 끄덕이며 경청하고 있었다. 대화가 끝날 무렵 내가 해변으로 간다고 말하니, 그녀는 조심해서 잘 다녀오라는 응원과 함께 글자가 새겨진 작은 돌멩이를 건네주었다.

길거리를 걷다가 길을 묻는 척 평범한 대화를 하며 접근해 본색을 드러내는 무리를 마주친 적이 가끔 있었다. 썩 달갑진 않은 경험이었다. 나는 또 쉽게 거절하지 못하는 성격이었다. 그로 인해 무언가를 잃은 적은 없지만, 한 번 붙잡히면 어쩔 줄 몰라 하며 얘기를 듣고 있다가 겨우겨우 에둘러 빠져나오곤 했다. 유럽에서도 비슷했다. 어떤 사람은 그나마 격식을 차리고 다가왔고, 어떤 사람은 다짜고짜 손부터 내밀었다. 베를린의 어느 지하철역에서는 학생으로 보이는 이들이 돈을 달라고 내 몸을 만지며 따라붙어 짜증을 확 냈었다. 이스탄불 길거리에서는 아버지뻘쯤 되어 보이는 한 아저씨가 미소를 머금고 다가왔다. 한국에 대해 호감을 드러내고 내 얘기에 맞장

구치며 나를 안심시키고는 술 한잔하자며 슬쩍 가게로 유도했다. 의심 없이 따라가는 도중에 술값으로 많은 금액을 요구하는 사기꾼이라는 사실을 눈치채고 벗어났었다. 길거리에서 갑자기 다가오는 사람치고 좋은 사람은 손에 꼽을 정도였다. 대부분 그럴싸한 명목으로 접근해 사익을 취하려는 사람들이었다. 유럽 생활을 앞두고 소매치기나 인종차별처럼 불미스러운 일에 휘둘린 사람들의 이야기를 많이 찾아보며 주의하고자 했다. 그러다 보니 길거리에서 낯선 이를 만날 때마다 경계심을 가진 채 대화했다.

다시 배낭을 둘러메고 해변으로 가는 동안 그 순간을 돌이켜봤다. 그녀가 성경 이야기를 전할 때, 그 의도를 의심하며 경계를 풀지 못했던 스스로가 잠시 부끄러웠고 그녀에게 미안했다. 그녀의 말에는 전도와 응원, 그 이상도 그 이하도 담겨 있지 않았다. 100% 진심에서 우러나온 말이란 걸 느꼈다. 로포텐은 이런 곳인가. 맑은 공기처럼 모두가 청정한 됨됨이를 가진 것일까. 특정한 인물과 만난 경험만으로 로포텐 사람들이 다 따뜻하다고 일반화를 하는 건 당연히 적절하지 못하다. 여기도 다 사람이 사는 세상인데, 갈등과 충돌은 어떤 형태로든 존재할 것이며 여행자들에게도 흑심을 품는 사람이 있을지도 모른다. 그러나 적어도 내가 이곳에서 마주친 사람들은 동떨어진 세계, 유토피아에 사는 것 같았다. 버스 기사, 편의점 직원, 빈스타드의 주민, 숙소 주인 등 모두 그들의 표정과 몸짓과 말에서는 느긋하면서도 여유로운 분위기가 느껴졌다. 하루이틀 단기간에 만들어지는 자세가 전혀 아니었다. 그렇다고 배워서 만들어지는 것도 아닌 듯했다. 언제부터인지 모르겠지만, 분명 생활 속에서 자연스레 가진 것처럼 보였다. 이들이 보인 너그러운 마음에 경계심이 사라지고 신뢰감이 생겼다. 고단한 여정에 힘이 되는 한마디를 기대할 수 있다는 믿음. 어려운 상황에 맞닥뜨려도 쉽게 도움을 구할 수 있을 거라는 믿음. 그것을 내게 안겨 준 로포텐의 사람들은 길 위의 든든한 조력자였다.

08

비바람 속에 보낸 처량한 하루

헤우클란 해변

아주머니와 만나 얘기를 나누니 기운이 차올랐다. 어느새 헤우클란 해변으로 들어가는 마지막 갈림길을 마주했다. 해안선을 따라 돌아가는 길과 호수를 낀 산자락을 가로질러 가는 길이 있다. 두 경로 간 거리 차이는 두 배가 넘어 짧은 길을 택했다. 산자락을 돌아 얕은 오르막을 넘자, 뒤에 가려져 있던 너른 바다가 먼발치에 내려다보였다. 한 걸음 전진할 때마다 조금씩 해변에 가까워졌다. 마지막 힘을 내어 남은 구간을 걸어갔다. 그때 하늘에서 가느다란 빗방울이 부슬부슬 떨어지기 시작했다. 거의 도착한 시점이라 다행이었다. 한창 걷는 와중에 비가 왔다면 몇 배는 더 힘들었을 것이다. 그러나 이 비는 금방 가실 것 같지 않아 썩 달갑지 않은 손님이었다.

헤우클란 해변에는 람베르그만큼 캠핑하는 사람들이 많았다. 레크네스에서 접근하기 좋으며, 잔잔하게 부서지는 파도가 평화롭고 주변 산세가 멋진 곳이라 인기 있는 장소이다. 이곳에는 특히 캠핑카들이 많았다. 해안가 저편 넓은 공터에 캠핑카들이 작은 주택처럼 오밀조밀 모여 있었다. 반면 백패킹을 온 듯한 여행자는 찾아보기 어려웠다. 해변에 막 들어왔을 때는 텐트 몇 동이 이미 쳐져 있었다. 그들과 짧은 인사를 나누고 비가 잦아든 틈을 타 평평한 곳에 텐트를 펼쳤다. 그동안 노지에서는 캠퍼들을 거의 찾아볼 수 없었기에, 다른 텐트가 보이는 것만으로도 괜히 반갑고 든든했다. 그런데 얼마 후 하나둘 짐을 싸더니 해변을 떠나는 게 아닌가. 나는 다시 고독한 백패커로 남았다.

어느덧 저녁 시간이 되었다. 마침 잔디밭에 놓여 있는 목조 테이블에 앉아 요리하기 시작했다. 하지만 강하게 불어대는 바람에 안 그래도 약한 가스불은 맥없이 흔들렸고, 집기들이 날아가려 했다. 나는 노심초사하며 도구를 간신히 붙잡고 요리를 이어 나갔다. 나름 만찬을 즐겨 보고자 마트에서 빨갛게 양념이 된 닭고기를 사 왔다. 고기를 먹기 좋게 썰어 코펠 뚜껑에 올렸다. 그러나 채 몇 초 지나지 않아 고기가 뚜껑에 눌어붙었다. 억지로 고기를 떼 내니 뚜껑은 이미 지저분하게 탄 상태였다. 고기는 당연히 익지도 않았다. 코펠 사용법 중에 뚜껑을 뒤집어 프라이팬처럼 활용하는 게 참 재미있어 보였는데, 코팅 여부 같은 건 미처 생각하지 못했다. 내가 가진 것은 아무런 처리가 안 되어 그저 뚜껑이라는 기능만 했다. 생각 없이 무작정 들이민 결과는 처참했다. 고기를 맛있게 구워 먹고 싶다는 소박한 바람은 한낱 신기루가 되었다. 남은 고기를 이대로 버릴 수는 없으니, 코펠에 물을 부어 고기를 삶았다. 양념이 씻겨 나가 둥둥 떠다녀도 어쩔 수 없었다. 결국 크게 마음먹고 샀던 양념 고기는 아무 간도 안 된 닭 가슴살이나 다름없어졌다. 맛없는 고기를 꾸역꾸역 입에 집어넣으며 어렵사리 식사를 마쳤다. 오락가락하던 빗줄기는 어느새 굵어져 바람에 휘날리며 텐트를 때렸다. 해변에서 무엇을 하고 싶어도 할 수 있는 게 없었다. 입도 후 완전히 맑은 날을 보기가 참 힘들었다. 대부분 구름이 많거나, 심할 땐 산꼭대기가 안 보일 정도로 흐렸다. 그 정도 날씨라면 감지덕지했다. 지금처럼 비가 올 땐 고역이었다. 텐트 안은 냉장고처럼 서늘했다. 몸을 감싸도 얼굴이 시려 잠들기 어려웠다. 설상가상으로 우산을 안 들고 화장실에 간 탓에, 비에 젖은 옷이 체온을 확 앗아 갔다. 이 정도로 비를 맞아도 금방 마를 거라며 대수롭지 않게 여겼던 게 화근이었다. 멍청한 짓이었다. 내가 입은 싸구려 옷에는 방수 기능이 전혀 없었다. 비상용 담요를 꺼내 몸에 두르고 침낭 안에 들어가 잔뜩 웅크린 채로 덜덜 떨었다. 캠핑장에는 건물이라도 있었지만, 노지에서는 텐트가 전부였다. 부네스 해변처럼 아무도 없었으면 차라리 괜찮았을 텐데, 아늑한 캠핑카가 눈에 들어오니 내 신세가 불쌍하게 느껴졌다. 저 차 안에서는 맛있게 고기가 구워지고 있겠지. 빗소리를 음악 삼아 달콤한 술 한 모금을 마시고 있겠지. 포근한 침대에 누워 꿈나라로 들어가겠지. 불행은 남과 비교하는 것에서 시작된다는 말이 떠올랐다. 더 이상의 상상은 그만. 눈을 질끈 감고 그 마음을 떨쳐 내려 애썼다.

09

양들이 뛰어노는 산

만넨

이 멋진 곳에 와서 비 때문에 바깥 활동을 하지 못한다는 것은 너무 아쉬운 일이었다. 나는 하늘을 향해 그저 비가 그치기를 바라는 수밖에 없었다. 무엇보다 헤우클란 해변 옆에 솟은 산인 만넨*Mannen*에 오르고 싶었기 때문이다.

시도 때도 없이 내리는 빗속에서 어떻게 잤는지 모를 하루가 또 지났다. 다행히 옷도 다 말랐다. 백패킹을 하는 내내 잠에서 깨어나 불투명한 텐트 문을 여는 순간이 제일 두근거렸다. 매일 복불복 게임을 하는 듯했다. 다행히 빗방울이 텐트를 치는 소리는 들리지 않았다. 구름은 여전히 낮게 드리웠지만, 전날보다 훨씬 시야도 트였고 비도 그쳤다. 가볍게 물만 챙겨 등산길에 올랐다. 등산로의 시작점은 지금까지 갔던 곳과는 조금 달랐다. 연둣빛 산기슭을 따라 아주 완만한 임도가 이어졌다. 입구에는 이륜차와 자동차 진입 금지, 낙석 주의 표지판과 함께 동물 두 마리가 그려진 표지판이 있었다. 그 정체는 양이었다.

얼마 올라가지 않아 오른편 초원에서 풀을 뜯고 있는 양 가족을 발견했다. 목장이 아니라 등산길에서 자연스럽게 양을 가까이 마주치니 신기했

다. 로포텐에서는 도통 동물을 보기가 힘들었다. 여우, 사슴, 퍼핀 등 제법 다양한 동물들이 산다고 하는데, 기껏해야 어디서나 흔한 갈매기를 본 것이 전부였다. 여전히 날씨가 쌀쌀해 동물들이 아직 웅크리고 있기 때문일까, 내가 미처 발견하지 못했기 때문일까. 양들을 보니 반가웠다.

여행을 다니다 보면 동물을 보는 재미가 있다. 동물 애호가는 아니지만, 언제부터인가 길거리에서 동물을 만나면 슬쩍 카메라를 꺼내 셔터를 누르곤 했다. 새건, 고양이건, 강아지건, 오리건 일단 눈에 보이면 카메라에 담았다. 여행을 가면 그 지역에 사회를 이루고 살아가는 사람들의 모습, 아름다운 자연과 고유한 문화 등을 주로 보게 된다. 거기에 동물 세계가 더해지니 보는 맛이 색달랐다. 동물들이 시간을 보내고 있는 모습을 보면 흐뭇한 미소가 지어졌다. 이곳 양들도 자기네 세상 속에서 살아가고 있었다. 풀을 뜯는 양들이 귀여워서 쳐다봤다.

　그러자 어린양 한 마리도 나를 의식했는지 빤히 바라보는 것으로 응수했다. 무슨 의미였을까. 그들도 사람이 신기했던 것일까? 시선을 거두지 않고 계속 쳐다보니까 왠지 머쓱해졌다. 양이 나에게 무언의 신호를 보내는 듯했다.

　'불편하니까, 이제 갈 길 가 주세요.'

　우리도 낯선 이가 쳐다보면 부담스러운 것처럼, 양들도 그런 것이라고 여기고 자리를 떴다. 올라가는 동안 곳곳에서 자유롭게 노니는 양들을 마주쳐도 슬쩍 보기만 하며 그들의 세계를 존중하고자 했다.

　임도를 지나자 진흙으로 뒤덮여 질퍽한 산길이 나왔다. 경사는 급하지 않았지만, 올라가면서 여러 번 발이 미끄러졌다. 양팔을 휘적이며 간신히 균형을 잡아 엉덩방아는 찧지 않았다. 제법 올랐다 싶었을 때쯤 돌아보니 해안가를 따라 이어진 거친 산맥이 눈에 들어왔다. 움푹 팬 골짜기에 형성된 호수는 보석처럼 깨끗하고 영롱했다.

  그 모습에 눈을 떼지 못하고 몇 번이나 뒤를 돌아보며 걸으니 어느새 정상에 다다랐다. 헤우클란 해변 방향은 굴곡지고 낮은 언덕 같은 산들이 만들어 내는 풍경이 생기가 넘쳤다. 산들은 뱃머리를 살짝 든 채 바다로 나아가는 배들 같았다. 고도가 높지 않아 그 너머까지 눈에 들어왔다. 섬과 바다, 산이 겹겹이 얽혀 수평선 끝까지 이어졌다. 반대편으로 몸을 돌리자 우타클레이브 해변*Uttakleiv Beach*이 눈에 들어왔다. 시원시원하고 단순하게 뻗은 해안선이 호탕했다. 드넓은 초원 너머로 펼쳐진 망망대해는 웅장하고도 황량했다. 길게 뻗은 산 하나가 듬직하게 고독한 바다 곁을 지켰다. 구름이 산봉우리에 걸릴 정도로 낮게 깔렸지만, 그 기개는 가리지 못했다. 등 뒤에 펼쳐진 풍경과는 딴판이었다. 얼마 지나지 않아 몰입을 깨는 불청객이 찾아왔다. 빗방울이 갑자기 조금씩 떨어지더니 바람도 점차 거세졌다. 덩달아 두 눈과 카메라도 바빠졌다. 조금 더 머물고 싶었지만, 날씨가 어떻게 급변할지 몰라 아쉬워도 이만 발걸음을 돌렸다.

10

로포텐의 매력을 가득 품은 산

유스타티넨

해변으로 돌아오니 어느덧 오후 2시였다. 다음 야영지로 가기 위해 텐트를 걷었다. 해변까지 한참을 걸어왔던 어제와는 다르게 마음이 홀가분했다. 휴일이 끝나고 월요일이 돌아와 해변까지 버스가 들어오기 때문이다. 버스는 내가 2시간 동안 힘겹게 걸어왔던 거리를 단 10분 만에 주파해 레크네스에 들어갔다. 걸어오며 보았던 초원이 순식간에 지나가 버리니 왠지 허무했다.

이번에 향할 곳은 유스타티넨*Justadtinden*이다. 레크네스에서 동쪽으로 약 4km 떨어진 지점에 등산로 입구가 있다. E10 도로에서 벗어난 곳이라 버스가 자주 드나들지는 않는다. 먹을거리를 담은 봉지를 한 손 무겁게 들고 정류장에 앉아 버스가 오길 기다렸다. 몇 분 후, 한 아주머니가 나에게 다가오더니 이것저것 물어보며 말을 건넸다. 여행 중에 현지인과 여행자가 할 수 있는 평범한 대화가 오갔다. 정류장에서 담배를 뻑뻑 태우며 범상치 않은 기운을 풍기던 그녀는 나와 같은 버스를 타고 이동했다. 내가 내릴 때가 되자 인자한 표정으로 손을 흔들며 따뜻하게 배웅해 주었다.

　정류장에 내리자마자 주차장이 보였고, 그 뒤로 산길이 이어졌다. 유스타티넨은 해발고도가 738m로, 로포텐에서 오른 산 중에 가장 높았고 등산로도 길었다. 그러나 경사가 완만해 오르기에 편안했다. 얼마간 걸어가자 레크네스 시가지가 한눈에 내려다보였다. 파릇파릇한 산 뒤로 여전히 골에 눈이 소복한 다른 산이 겹쳐 있었다. 드넓은 초원 위에 빼곡한 나무와 함께 자리한 집들의 모습이 차분하고 고즈넉했다. 반대편에는 바다를 향해 쭉 뻗은 우람한 산맥이 자꾸 시선을 잡아당겼다. 시간은 오후 7시를 넘었지만, 백야에서는 여전히 한낮이었다. 오래간만에 구름도 제법 걷혀 태양도 중천에 얼굴을 드러냈다. 모처럼 계속 내리쬐는 햇빛에 기분이 한껏 좋아졌다. 그 속을 걷고 있는 나는 행복한 꿈을 꾸는 듯했다.

등산로는 중반까지도 걷기에 좋았다. 곳곳에 돌들이 박혀 있어 발이 조금 피로할 뿐이었다. 완만한 오르막을 한참 오르니 어느새 제법 높은 중턱까지 다다랐다. 파란 하늘도 잠시, 저편에서 산등성이를 훑으며 먹구름이 밀려왔다. 당장이라도 비가 내릴 것만 같았다. 날씨가 좋다 싶으면 여지없이 잔뜩 찌푸린 손님이 치고 들어왔다. 발걸음을 늦추고 야영할 곳을 계속 둘러봤다. 이제 반 정도 올라왔고, 점점 흐려지는 날씨에 이대로 정상까지 가는 건 무리였다. 가이드처럼 끼고 살았던 여행 정보 사이트에는 이곳 정상은 사방이 트여 있어 캠핑할 때 조심해야 하고, 물을 구할 수 없다고 되어 있었다. 캠핑을 아예 할 수 없다는 말은 없었지만, 볼란스틴 산에서 고생한 이후 내 수준을 넘어서는 무리한 행동은 하지 않기로 했다. 등산로를 따라 물이 가까이 있는 땅을 찾을 수 있다는 문구를 되새기며 적당한 곳이 나타나길 기다렸다. 어느 오르막을 지나자, 그 뒤에 숨은 광활한 평지가 나타났다. 왼쪽에는 커다란 호수도 보였다. 그 이후로는 다시 가파른 오르막이 이어졌다. 나는 주저하지 않고 호숫가에 텐트를 펼쳤다. 바닥에는 작은 나무 같은 풀이 가득했다. 딱딱하거나 날카롭지는 않을까 걱정했지만, 오히려 푹신한 느낌이 있어 몸을 눕히기에는 나쁘지 않았다. 텐트를 치고 얼마 지나지 않아 슬슬 비가 내리기 시작했다. 수프에 소시지를 큼지막하게 썰어 넣고 끓였다. 샐러드와 참치, 맥주와 함께 먹으며 쌓였던 피로를 씻어냈다.

이튿날에는 오전부터 비가 조금씩 흩뿌렸다. 정상까지 올랐다가 하산해 레크네스 버스 터미널에 가려면 서둘러야 했다. 다음 목적지인 스볼베르 *Svolvær*로 가는 버스 시간을 맞추기 위해서이다. 이른 아침부터 날이 풀리기를 한참 기다리다가, 비가 그칠 기미가 보이자 얼른 남은 구간을 올랐다. 그 사이 하늘은 멀끔히 갰지만, 살을 에는 듯한 강한 바람이 휘몰아쳤다. 시간도 촉박해 정상까지 올라가지 않고 그 아래 적당한 곳에 멈췄다. 그래도 사방이 열려 있어 풍경을 조망하기에 충분했다. 갈색 풀이 가득한 대지 위에 자그마한 연못이 군데군데 나 있었다. 연못은 푸른 하늘빛을 그대로 받아 빛났다. 그 너머로는 바다에 길게 뻗은 산맥이 보였다. 마치 이 산과 하나인 듯 짝이 딱 맞아떨어졌다. 산봉우리가 힘차게 올라간 섬은 마치 바다를 유영하는 거대한 생물처럼 생기가 넘쳤다. 유스타티넨은 로포텐이 지닌 다채로운 매력을 한꺼번에 보여줬다. 손가락이 카메라에 닿으니 얼어붙을 것 같았지만, 셔터를 계속 눌러댔다. 렌즈를 통해서라도 기억에 오래도록 남기고 싶었다. 공들여 등산한 만큼 여유 있게 머물고 싶었지만, 시간에 쫓겨 그 풍광을 깊게 즐기지 못한 것이 아쉬웠다. 텐트로 돌아가는 내내 미련이 남았다.

11

얼떨결에 히치하이크

유스타티넨

한적했던 등산길과 달리, 하산길에는 이따금 올라오는 사람들과 마주쳤다. 멀리서 산을 오르던 한 여자가 나에게 계속 크게 소리쳤다. 하지만 강한 바람에 말소리가 묻혀 부서졌다. 나는 잘 안 들린다는 제스처를 취했다. 거리가 조금 가까워지자 그녀가 다시 물었다. 조금 전보다는 소리가 커졌지만, 당최 이해할 수 없었다. 결국 코앞에 마주해서야 나와 또래쯤 되어 보이는 그녀가 하는 말을 들을 수 있었다.

"위에도 바람 많이 불어요?"

"네, 바람이 강하고 엄청 추워요!"

그러더니 약간 난감한 기색으로 고맙다는 인사를 남기고 등산을 이어갔다. 베이스캠프를 차린 산 중턱은 괜찮았는데, 정상 주변에서 부는 바람은 눈을 제대로 뜨지 못하게 만들 정도로 거셌다. 하지만 지금은 바람보다 시간이 걱정이었다. 최종 목적지인 스볼베르로 가는 버스를 놓치지 않으려면 서둘러야 했다. 1분이라도 아끼려 서둘러 텐트를 접어 짐을 챙기고, 땅만 보며 빠르게 걸어 하산했다.

이 시간대에는 레크네스로 들어가는 버스 편이 없어, 어쩔 수 없이 걸어가야 한다. 이번 버스를 놓치면 몇 시간은 기다렸다가 오후 9시 무렵에나 있는 편을 타야 한다. 레이네에서 배를 한참 기다렸던 기억이 되살아났다. 이번에는 절대 놓치고 싶지 않았다. 해가 지지 않아 이동에 큰 제약은 없을지라도 야영지에 가서 텐트를 치고 바람을 쐬는 것이 낫지, 정류장에 한동안 발이 묶인 채로 있는 건 꽤 힘든 일임이 분명했다. 하지만 시간이 야속했다. 한 시간 뒤에 스볼베르행 버스가 출발하기 때문이다. 맨몸이라면 빠른 걸음으로 갈 수 있겠지만, 열흘간 등산과 이동을 반복하며 많이 지친 상태로 걸어가려니 한숨만 나왔다. 무거운 배낭을 메고 걸어서 시간 안에 도착하는 건 어렵다고 결론을 내렸다. 제시간에 버스를 못 타도, 일단 시내에 가 있기로 하고 터벅터벅 발걸음을 옮겼다.

등산로를 완전히 빠져나와 큰길로 접어들어 갓길을 따라 200m쯤 걸었을까. 적막했던 도로에서 엔진 소리가 들려왔다. 뒤에서 달려오던 승용차 한 대가 쌩하고 나를 추월하더니 이내 멈춰 섰다. 운전자가 창문을 열고 나에게 오라며 손짓했다. 괜히 불렀을 리는 없을 테고, 설마 태워 주려고 하나 싶었다. 나는 일단 보조석으로 다가갔다. 그러자 그 운전자가 말을 건넸다.

"레크네스에 가요?"

"네! 레크네스 버스 터미널에 가야 해요."

"그럼 데려다줄까요?"

"정말요? 실례가 안 된다면 그래도 될까요?"

"네, 괜찮고말고요. 타세요!"

"정말 감사합니다!"

내 속마음이 어떤 신호처럼 퍼지기라도 했던 것일까. 얼떨결에 히치하이크를 했다. 내 의지로 한 건 아니었으니 어떻게 보면 당한 셈이었다. 시간에 쫓기면서도 히치하이크를 할 용기는 나지 않았다. 누군가가 먼저 차를 내어 준다는 건 전혀 기대하지도 않았다. 보통은 여행자가 먼저 손을 들고 차를 얻어 타기 마련인데, 역으로 그 여행자의 마음을 먼저 읽고 선뜻 멈춰 서는 운전자가 몇이나 있을까. 그래서 갑작스레 다가온 호의에 더 얼떨떨했다.

그의 이름은 에밀. 민머리에 키가 커 우람한 외모와는 다르게 부드러운 눈매와 선한 인상을 지녔다. 나보다 나이가 몇 살은 많아 보였다. 덴마크 사람으로 로포텐에서 일하고 있다고 했다. 내가 한국에서 왔다고 하자, 그는 친척 중에서 한국과 인연이 있는 사람이 있다고 하며 반가워했다. 이런 저런 얘기를 나누는 사이 어느새 레크네스에 들어섰고, 터미널 근처 종합 쇼핑몰 앞에 내렸다. 나는 몇 번이고 감사하다는 말을 반복했다. 한껏 상기된 목소리로 마지막 인사를 건넸다.

"저 정말 신을 만난 것 같아요!"

"하하, 고마워요. 여행 재밌게 해요."

그는 나의 말을 듣고서는 너털웃음을 지었다. 인적 드문 도로에 갑자기 나타난 차 한 대, 성자를 떠올리게 하는 인자한 미소. 그는 내가 과장했다고 생각했을지 모르지만, 나는 진심으로 건넨 말이었다. 짧은 인연이 순식간에 지나갔다. 보답으로 무언가 전해 주지 못한 것이 아쉬웠다. 한국을 떠올릴 수 있는 작은 기념품을 선물했다면 좋았겠지만, 수중에는 아무것도 없었고 할 수 있는 것은 인사뿐이었다. 그가 건넸던 따스한 손길은 오래도록 기억 속에 남아 있다.

12

섬을 감싸는 자정의 노을빛

티엘베르그틴

우연히 찾아온 행운 덕분에 늦은 밤 버스를 타야 한다는 걱정은 말끔히 사라졌다. 오히려 지금 타려는 버스가 출발할 시간까지도 한참 남았다. 쇼핑몰 안 마트에서 빵과 음료수를 산 후에 정류장 의자에 앉아서 먹으며 허기를 달랬다. 행복한 기다림 끝에 마지막 목적지인 스볼베르로 가는 버스에 올랐다. 하늘은 곧 여정을 마무리할 내게 선물이라도 주는 듯, 가는 내내 푸르고 청아한 모습을 드러냈다. 나는 빛나는 섬을 두 눈에 꾹꾹 눌러 담으며 가슴 깊이 간직하려고 애를 썼다. 물감을 풀어 놓은 듯 짙푸른 바다, 티 하나 없이 맑은 하늘, 낮지만 거칠게 솟은 바위산. 이런 풍경을 로포텐이 아니면 전 세계 어디에서 볼 수 있을까?

70km를 달려 스볼베르 외곽 마을 오산*Osan*에 내렸다. 우리나라의 도시와 발음이 같아 친숙하게 느껴졌다. 30분 정도를 더 걸어 다다른 캠핑장은 작은 호수와 풍성한 잔디밭이 어우러져, 바닷가였던 람베르그와는 다르게 숲속 분위기를 자아냈다. 포근한 햇살을 맞으며 이제는 한결 여유롭고 익숙하게 텐트를 쳤다. 인근 마트에서 연어를 사 와서 구워 먹으며 호화롭게 마지막 날을 보냈다. 꼭 하고 싶었던 자정 등반도 실행에 옮기기로 마음먹었다. 해가 지지 않는 백야이기에 가능한 계획이었다. 과장하면 '무박 2일'로 등반하는 것이다. 그저 그 시간에 산에 오르면 어떤 기분일지, 또 풍경은 어떻게 보일지 궁금했다. 텐트 안에서 뒹굴뒹굴하며 시간을 보내다 오후 11시쯤 밖으로 나섰다. 로포텐에 오고 나서 이 무렵에 야외 활동을 하는 건 이번이 처음이자 마지막이었다. 왠지 떨리는 마음으로 이름도 어려운 티엘베르그틴*Tjeldbergtind*으로 향했다. 주변은 초저녁처럼 환했지만, 자정에 다다른 시간에 마을은 극도로 고요했다. 맑은 호수에 비친 산의 거뭇한 실루엣이 쓸쓸한 분위기를 자아냈다. 간간이 울어대는 갈매기와 도로를 달리는 차 몇 대만이 이따금 정적을 깼다. 마을 길을 따라 40여 분쯤 걸어 등산로 입구에 닿았다. 자갈이 깔린 임도가 완만한 오르막을 그리며 이어졌다. 그 옆에 위태롭게 서 있는 이정표가 방향을 알려주었다. 시퍼렇고 커다란 표지판에는 과녁 모양 로고와 함께 노르웨이어로 어떤 문구가 적혀 있었다. 정적을 깨는 총소리가 어디선가 들려올 것만 같았다. 왠지 오싹해 소름이 돋았다. 그것은 그저 동네 사격 동호회의 안내판일 뿐이었다. 낯선 곳에 홀로 있다 보면 괜한 상상을 하게 된다. 쓸데없는 생각은 집어던지고, 마음을 가다듬고 산으로 향했다. 아무도 없는 호젓한 임도를 따라 걸었다. 바람도 잔잔해 음소거한 듯 고요했다. 발소리만이 저벅저벅 허공으로 퍼졌다. 얼

마 지나지 않아 휴대전화 화면의 시계는 0으로 가득 찼다. 날짜가 바뀌었다. 자정에 산을 오르고 있다니!

임도를 따라 얼마간 오르자, 본격적인 산길이 이어졌다. 나무가 많은 숲 속 흙길을 걸어가는 느낌이 우리나라와 비슷해 익숙했다. 다리를 크게 뻗고 올라야 하는 가파른 구간이 중간중간 나왔다. 쉼 없이 걷다 보니 어느새 트인 곳으로 접어들었다. 그렇게 40여 분을 더 오른 끝에 정상에 다다랐다. 스볼베르 도심이 한눈에 내려다보였다. 정상에서 본 도시는 참 아담했다. 섬도, 마을도, 길도 다 작고 아기자기해 보였다. 5,000명 가까이 거주하는 로포텐에서 가장 큰 도시이지만, 고층 건물 하나 없어 조촐했다. 산과 바다의 품에 안긴 도시는 오붓했다. 이 짧은 등산로를 오르는 과정에서도 참으로 거친 모습을 보인 로포텐인데, 탁 트인 곳에서 내려다본 마을의 모습은 부드럽기 그지없었다. 산 너머에서 붉게 타오르는 햇빛이 고요한 도시를 어루만졌다. 스볼베르의 반대편에는 오래된 작은 마을 카벨보그 *Kabelvåg*를 품은 광막한 벌판과 바다가 펼쳐졌다. 그 끝에는 노을에 발갛게 물든 봉우리가 삼단으로 하늘을 향해 도약했다. 가만히 서서 그 풍경을 한참 바라보았다. 벌써 여행의 마지막에 다다랐다니, 만감이 교차했다.

13

완주의 원동력, 따뜻한 사람들

스볼베르

자정 등반을 마치고 몰려온 피로와 여정이 무사히 끝났다는 안도감 때문인지, 오전 2시쯤 잠들어 한참을 꿈나라에 있었다. 체크아웃 시간은 따로 없다고 하여 느긋하게 일어나니 벌써 정오 무렵이었다. 떠나는 날이라고 하늘이 날 배려해 주기라도 하는 듯 쾌청한 모습을 보였다. 첫날에는 나를 시험하듯 무시무시한 비바람을 몰고 오더니, 한편으로는 서운했다. 여행 내내 고마운 보금자리가 되어 주었던 텐트를 쓰다듬고 접었다. 버스로 10분 거리에 있는 스볼베르 공항*Svolvaer Lufthavn*은 지금껏 가본 공항 중에서 가장 작았다. 어느 시골의 작은 버스 터미널 같았다. 그와 반대로 가본 공항 중 가장 아름다운 배경을 지닌 곳이었다. 짧은 활주로 뒤에 펼쳐진 산과 바다를 보며 마지막 순간까지 눈을 뗄 수 없었다. 날씨 때문에 고생하다가도 멋진 풍경 하나에 힘든 마음이 녹기를 반복하며, 어느덧 로포텐에 푹 빠져 있었다.

보되로 가는 비행기는 정원이 약 30명인 작은 프로펠러 기체로, 비데뢰 *Wideroe* 항공에서 운항했다. 탑승객은 나를 포함해 고작 5명뿐이었다. 마치 승객이 적은 시외버스를 탄 느낌이었다. 곧이어 비행기가 이륙했다. 정말 로포텐과 헤어질 시간이 왔다. 순항고도에 오르자 저 멀리, 어렴풋이 로포텐의 자태가 눈에 들어왔다. 섬이 한 줌으로 잡힐 듯 아담하게 보였다. 그 작은 땅을 누비며 궂은 날씨에 맞서 견디고 거친 산을 올랐던 기억을 떠올리니 그저 웃음만 났다. 항공사에서 건넨 작은 초콜릿 하나를 먹으며 로포텐에 다시 갈 날을 마음속에 그렸다.

한없이 평화로워 보이는 로포텐에도 저마다 치열한 삶이 펼쳐지고 있을지 모른다. 하지만 이번 여행에서 마주한 사람들은 그런 인생과는 거리가 멀어 보였다. 혹독한 날씨와 정반대였다. 모두 잔잔하고 평화로운 삶을 영위하는 것처럼 보였다. '인생은 멀리서 보면 희극, 가까이에서 보면 비극'이라는 찰리 채플린의 명언이 로포텐에서는 통하지 않는 것 같았다. 적어도

열흘간 머무는 동안은 어디서 보든지 희극이었다. 사람들은 항상 여유로워 보였고, 타인을 향한 배려가 넘쳤다. 그중에서 헤우클란 해변으로 가는 길에 만난 주민과 레크네스까지 나를 태워 준 주민이 가장 기억에 남았다. 나를 도와주려고 선뜻 먼저 손을 내민 분들이었다. 그들은 온전히 순수한 마음으로 다가왔다. 큰 선의를 두 번이나 받았다는 건 행운이었다. 분명 위험을 감내해야 했던 여정이었지만, 무사히 마칠 수 있었던 것은 아름다운 자연만큼이나 따뜻했던 사람들 덕분이었다. 언젠가 로포텐을 다시 찾는다면, 희로애락으로 가득했던 이 섬과 스쳐 간 소중한 인연을 지금과 같은 마음으로 기억할 수 있기를 바라며 작별을 고했다.

다시 만난
새로운 세계

01

다시, 로포텐으로

여행을 다녀온 후 곧 졸업한 나는 사회라는 야생에 내던져졌다. 그 속에서 무엇을 하고 싶은지, 어떤 길을 가야 할지 갈피를 잡지 못하고 방황했다. 관광을 전공한 만큼 관련 공기업에서 일해 보고 싶은 마음도 있었지만, 번번이 시험에 떨어지며 자신감을 잃었다. 기억 속에 남은 로포텐은 이런 내게 힘을 주는 존재였다. 백패킹 수기가 모 여행기 공모전에 선정되며 '여행 작가'라는 타이틀을 달고 글을 연재할 기회를 얻었다. 적은 원고료였지만, 무에서 유를 창조했다는 기쁨과 함께 나도 할 수 있다는 자신감을 되찾았다. 3년 반이라는 긴 시간이 흐른 뒤에는 드디어 지역 관광공사에 들어가며 목표를 이뤘다. 최초 결과는 탈락이었다. 자기소개서를 쓸 때 업무 역량을 드러낼 길이 없어 로포텐 백패킹 이야기를 써서 분량을 채웠다. 면접 때는 원론적인 답변만 반복하여 위원들에게 깊은 인상을 주지 못했다고 생각했다. 그런데 합격자 한 명이 임용을 포기하면서 예비 1번이었던 나한테 기회가 왔다. 모두 로포텐을 다녀온 덕분이라고 생각했다. 비록 2년짜리 계약직이었지만, 나에게는 더없이 소중한 나날이었다. 직장 생활을 하는 동안 가졌던 가장 큰 로망은 연차 내고 해외여행을 가는 것이었다. 그래서 입사 이후 1년 동안 일본 여행을 두 번 다녀왔다. 그때만큼은 업무를 머릿속에서 지우고 여행을 즐겼다. 귀국하는 날에는 한숨이 나오기도 했지만, 돌아가서 일할 곳이 있다는 사실은 마음에 안정을 주었다. 다녀온 여행을 돌이켜 보고, 다음 여행을 그려 보며 힘을 냈다. 국내 여행도 좋았지만, 여권 들고 국경을 넘어가면 건전한 일탈을 하는 것 같아 더욱 짜릿했다. 왜 직장인들이 휴가 하나에 목을 매고, 가까운 일본 땅만 밟아도 즐거워하는지 이해할 수 있었다. 직장 생활은 2년째에 접어들며 한결 익숙해져 마음에도 여유가 조금 생겼다. 이전 해처럼 여름휴가를 다녀올 계획을 했다. 업무 특성상 일이 적은 6월 초가 가장 마음 편하게 다녀올 수 있는 때였다. 그러나 목적지를 정하지 못했다. 또 일본에 갔다 오기에는 너무 뻔했다.

몇 년 전, 사진 공모전 시상식에서 여행 작가 L을 만나 친해졌다. 지금은 서로 멘토와 멘티이자 형과 동생 같은 사이로 지내고 있다. 그를 처음 만났을 때부터 나는 로포텐을 다녀온 이야기를 꺼냈고, 이후로도 수시로 반복했다. 그는 작가로서 로포텐에 큰 관심을 드러내 왔으며, 마침내 그곳으로 떠날 준비를 했다. 여행 비용을 줄이고자 SNS에 같이 갈 사람을 찾는다는 게시물을 올렸다.

'드디어 로포텐을 가시려는구나. 수천 팔로워 중에서 한 명쯤은 같이 갈 사람이 있겠지?'

그런데 며칠 후에 그에게 물어보니, 같이 가겠다는 사람이 나타나지 않았다고 했다. 팔로워 중에 시간을 내기 어려운 직장인이 많아 쉽게 구할 수 없는 듯했다. 그때 머리가 빠르게 돌아가기 시작했다.

'언젠가 꼭 다시 가고 싶은 곳인데, 이번에 내가 같이 가면 되잖아?'

바로 계획을 잡았다. 마침 현충일과 창립 기념일 등 휴일이 제법 있었다. 미리 부서에 말하고 연차 5일을 몰아 쓰니 11일이라는 긴 휴가 기간이 탄생

했다. 항공권도 결제하고 나니 금액이 치솟았다. 좋은 타이밍이었다. 떠나기 불과 한 달 전에 이 모든 것을 결정했다. 사무실 동료들도 관심을 보이며 잘 다녀오라고 인사를 건넸다.

출국 당일, 출장 일정을 마치고 집으로 돌아오자마자 짐을 챙겨 곧장 인천공항으로 향했다. 자정 무렵 인천에서 출발해 두바이에서 새벽 경유를 한 뒤 오슬로로 넘어가는 일정이었다. 총 스무 시간 가까이 걸리는 고행이었다. 비행기에서 쉽게 잠드는 유형도 아니라, 두바이로 가는 동안 잠깐 졸다 깰 뿐이었다. 그때는 유럽에서 출발했기에 가깝다고 느꼈지만, 우리나라에서는 참 먼 곳이라는 것이 확 다가왔다. 지친 몸을 이끌고 두바이 공항에 도착해 L을 만났다. 그는 반쯤 누울 수 있는 벤치에 앉아 원고 작업을 마무리하고 있었다. 메일로 자료를 보내려는데, 느려터진 공항 와이파이에 초록색 바가 더디게 올라가는 걸 보며 비행기를 타기 전에 전송될지 모르겠다고 답답함을 토했다. 그러면서도 나를 보며 로포텐행을 기대했다.

"그래도 너와 함께 가니까 좋다. 또 너는 한 번 가 봤잖아."

그는 여행 경험이 있는 내가 짠 계획을 믿었다. 나는 운전을 할 줄 아는 그를 믿었다. 서로 부족함을 채워줄 수 있는 여행이 될 거란 기대가 생겼다. 더욱이 나는 6년 만에 다시 가는 로포텐에, 공항에서 밤을 새우는 피곤함도 잊었다. 그때는 무작정 부딪히며 다녔지만, 이번에는 숙소에서 편하게 머물며 일정 중 일부는 차를 빌려 다니기로 했다. 학생 시절과 직장인일 때의 차이가 고스란히 묻어나는 계획이었다. 로포텐은 또 어떤 의미로 내게 남겨질까.

02

기차 여행의 묘미

오슬로–트론헤임

　서늘한 공기가 감도는 오슬로의 하늘은 금방이라도 비를 퍼부을 듯 찌푸렸다. 별안간 하늘이 번쩍거렸고, 우르릉거리는 소리가 사방에 울려 퍼졌다. 저 멀리서 쇳덩이를 힘차게 타고 오는 굉음이 그 소리를 집어삼켰다. 그때처럼 보되로 가지만, 조금 다른 방법을 택했다. 오슬로에서 보되까지 직선거리는 약 850km로, 국내선을 타면 2시간이 채 걸리지 않는다. 그러나 이번에는 조금 느리고 불편해도 기차를 타고 육로로 이동하고 싶었다. 트론헤임역*Trondheim Stasjon*에서 한 번 갈아타야 하는 불편함이 있지만, 두 번째 편은 야간 침대 기차라 이동과 숙박을 함께 해결할 수 있기 때문이다.

오슬로 공항역에서 트론헤임역까지는 6시간 반 정도 달려야 하는 긴 여정이었다. 푹신한 좌석과 큼직한 직사각형 창문이 달린 기차는 새마을호를 연상케 했다. 이동하는 동안 여행 정보를 찾아보고, 눈도 좀 붙이며 휴식하려고 했다. 그러나 흥미로운 장편 자연 다큐멘터리를 틀어 둔 것 같은 창 너머 풍경에서 눈을 뗄 수가 없었다. 기차는 물비늘이 하얗고 곱게 일렁이는 푸른 호수와 한동안 나란히 달리다, 숲을 끼고 물길이 굽이치는 협곡에 들어섰다. 해발 1,000m에 달하는 고원을 질주할 땐 쾌감이 가득했다. 사방에 수풀이 가득한 평야와 그 너머에 완만하고 품이 큰 눈 쌓인 봉우리들이 저지대와는 상반된 그림을 만들어 냈다. 수십 분간 고원을 달린 열차는 다시 고도를 낮춰 협곡과 초원을 가로질러 마침내 종점인 트론헤임역에 다다랐다. 관광 열차라고 해도 손색이 없을 정도로 매력적인 여정이었다. 여운이 쉽게 가시지 않았다. 알고 보니 이 노선은 도브레선*Dovre Railway*으로, 여러 국립공원을 거쳐 경치가 아름답기로 손꼽히는 철도 중 하나라고 한다. 비행기를 탔다면 상공을 쾌속으로 가로질러 이미 보되에 도착하고도 남았을 시간에, 기차는 겨우 노르웨이 남부의 국립공원을 지나고 있었다. 그 대신 기차는 자연과 나란히 달리며 가까이에서 풍경을 만끽할 시간을 주었다. 모든 것이 빨라진 시대에 여전히 느린 속도가 잘 어울리는 것이 있다면, 그것은 기차 여행이 아닐까. 기차는 느리면 느릴수록 차창 밖 풍경을 더 오래 상영해 준다. 여행자는 그 정취를 깊게 음미하며 여행에 더욱 심취한다. 마음에 드는 장면이 나오면 그것을 가슴 깊이 간직한다. 기차는 단순한 이동 수단을 넘어 나와 풍경을 이어주는 매개체 역할을 한다. 피곤하다고 그냥 눈을 감은 채 왔다면, 일부러 느린 속도를 선택한 의미가 없었을 뻔했다.

하늘이 황혼에 물들어 가던 트론헤임은 과연 고위도답게 오슬로보다 훨씬 추웠다. 주변 풍경을 보러 잠깐 역 밖으로 나갔는데, 외투를 껴입고 있어도 몸이 파르르 떨렸다. 수면 부족으로 컨디션이 떨어진 탓도 있었다. 역으로 돌아와 다음 기차를 기다리는 동안 결국 졸음을 이겨내지 못했다. 자리에 앉아 저릿해진 눈을 감았다 뜨기를 반복했다. 한 번씩 눈이 떠져도 뇌가 정보 받기를 거부해 주변이 모두 멈춘 것처럼 느껴졌다. 그렇게 꿈과 현실을 헤매는 듯한 시간을 보내다가 열차 시간이 임박해 정신을 차리고 플랫폼으로 내려갔다. 얼른 객실에서 쉬고 싶은 마음뿐이었다.

바다 위의 알프스, 로포텐을 걷다

침대 기차는 예전에 유럽에서 두 번 탄 적이 있었다. 긴 복도 옆에 미닫이문으로 칸이 나뉘어 있고, 그 안에서 작은 2층 침대를 쓰거나 좌석을 그대로 활용하는 형태였다. 다른 여행자와 소소한 대화를 나누고, 아침에 일어나 창밖을 바라보며 사색하는 것은 침대 기차에서만 즐길 수 있는 낭만이었다. 그 기억과 함께 졸음 지옥 속에서 한 줄기 빛을 뿜으며 구원자처럼 등장한 기차에 몸을 실었다. 내부 형태는 기억과 비슷했다. 다른 점이 있다면 객실 문이 호텔과 유사했다. 안이 보이지 않는 불투명하고 단단한 문에 정갈하게 쓰인 방 번호, 그리고 문고리 옆에 툭 튀어나온 플라스틱 장치가 있었다. 그냥 열 수 있는 문은 아닌 듯했다. 혹시나 하며 손잡이를 당겨 봤다. 어림도 없었다. 아뿔싸, 그제야 호텔처럼 카드 키가 필요하다는 걸 알아차렸다. 앱으로 표를 미리 끊었다고 해서 바로 들어갈 수 있는 게 아니었다. 혹여나 기차가 떠날까 봐 서둘러 역으로 달려갔다. 푸근한 풍채를 지닌 역무원을 마주하고는 이내 안심했다. 동그란 안경을 쓴 그는 아직 시간이 많다는 듯 여유 있게 응대했다. 그가 나에게 보뎌에 가는 게 맞는지 물어보는데, 발음이 '부오다'에 가까워 세 번 만에 간신히 알아들었다. 같은 칸에 단체 승객이 있어 방이 옆으로 두 칸 밀렸지만, 큰 문제는 아니었다. 드디어 누울 수 있다는 생각에 기차로 향하는 발걸음은 가벼웠다.

객실 내부도 호텔을 축소해 놓은 듯했다. 튼튼한 철제 2층 침대, 머리맡의 은은한 조명, 넓은 미색 선반과 물이 잘 나오는 세면대까지 작은 공간을 알차게 활용해 깔끔하고 세련된 모습이었다. 과거의 경험을 가뿐히 뛰어넘는 좋은 시설에 감탄을 연발했다. 방을 둘러보는 사이 열차가 서서히 움직이기 시작했다. 이제 10시간을 더 북쪽으로 올라가야 한다. 기차 여행은 아직 끝나지 않았다.

바다 위의 알프스, 로포텐을 걷다

03

장난기 가득한 노르웨이 소년들

트론헤임 - 보되

객실을 잠시 둘러본 후, 다시 통로로 나왔다. 카페 칸을 방문하면 생수를 무료로 한 병 받을 수 있다는 내용이 카드 뒷면에 적혀 있었기 때문이다. 열차 안내 지도가 보이지 않아 우선 발길 가는 대로 향했다. 통로에 서 있는 사람들에게 연신 양해를 구하며 다음 칸으로 넘어갔다. 그러나 그 끝에는 창밖으로 길게 뻗은 레일만 보였다. 곧장 유턴해서 머쓱한 웃음을 지으며 반대편으로 걸어갔다. 우리 칸을 지나는데, 통로에 있던 어린 승객 예닐곱 명이 액션 카메라를 들고 있는 나를 발견하곤 바로 말을 걸었다.

"브이로그 찍는 거야?"

"응, 영상 찍는 중이야."

칸을 같이 쓴다는 그 단체 여행객이었다. 지나갈게요, 이 한마디로 끝났을 대화는 카메라가 기폭제로 작용하여 계속 이어졌다. 뜻밖에 받는 관심과 오랜만의 영어 대화에 멍했던 정신이 번쩍 들었다. 얼핏 봐도 앳되어 보이는 이들은 트론헤임에서 수학여행을 마치고 보되로 돌아가는 중인 학생들이었다. 그들도 낯선 이방인을 만난 것이 재밌는 이벤트였는지, 얼굴이 불그스름해져 상기된 표정으로 이것저것 물어보았다. 나는 문득 노르웨이에서는 물을 사 먹지 말라는 내용을 어디서 본 것이 떠올랐다. 트론헤임역 편의점에서 산 1.5L 생수가 무려 55크로네(한화 약 7,500원)였는데, 여정 동안 물만 사 마셔도 지출이 너무 클 것 같았다. 현지인들은 물을 어떻게 생각하는지 궁금했다.

"너희들은 물을 사 마셔? 아까 슈퍼에서 물을 샀는데, 가격이 너무 비싼 것 같아."

"우리? 아니, 공짜야. 그냥 수돗물을 마시면 되니까."

"아, 그냥 수돗물을 마시는구나."

"노르웨이 수돗물은 유럽에서 최고야. 산에서 곧장 내려오거든. 그러니까 로포텐에 가면, 그냥 수돗물 마시면 돼."

그는 내 질문을 기다렸기라도 한 듯, 망설이지 않고 곧장 대답했다. 웃음기를 지우고 진지하게 말을 이어갔다. 자국의 수질에 큰 자부심을 가진 것이 표정에서 보였다. 가격이 비싸서 생수를 사 마시지 않는다는 것이 아니라, 물 자체가 청정하므로 당연히 수돗물을 먹는다는 반응이었다. 학생 시절 유럽에 체류하는 동안 생수를 사 먹기가 번거로워 주로 간이 정수기에 수돗물을 걸러 먹었는데, 이따금 배탈이 나서 곤욕을 치르곤 했다. 한국에서도 늘 정수기를 사용했다. 수돗물을 음용하여도 별다른 문제가 없다지만, 굳건한 습관은 배척으로 이어졌다. 하지만 노르웨이에서는 달랐다. 백패킹을 할 땐 생수를 들고 다니기 어려워 자연에서 내려오는 물을 휴대용 필터로만 한 번 걸러 마셨는데도 아무렇지 않았다. 이번 여행에서는 물을 구하기 어려운 상황을 제외하곤 그들이 한 말대로 수돗물을 바로 받아 마셨다. 식비를 아끼려는 목적을 떠나서 생수보다 신선하고 맛있었다. 이때까지 여행한 나라 중에서 수돗물을 벌컥벌컥 마신 곳은 노르웨이가 유일했다.

이들은 진중하게 얘기하다가도 장난기 가득한 행동을 했다. 나에게 무엇을 자꾸 주고 싶은지 먹던 빵을 한 입 먹어보라며 건네는가 하면, 에너지 드링크와 각종 젤리도 들고 왔다. 나는 예의상 젤리 몇 개만 받았다. 노르웨이 마트에서 본 듯한 큼직한 젤리는 달고 셔서 침샘을 크게 자극했다. 이어서 작고 납작한 틴 케이스에 담긴 껌처럼 생긴 생소한 무언가를 해 보라며 건넸다. 씹는 담배였다. 향만 맡아 보고 사양했다. 애초 비흡연자이지만, 우리나라에서는 쉽게 접할 수 없는 형태에 거부감이 들었다. 서양에서는 꽤 널리 퍼진 종류라고 한다. 한 녀석은 작은 장난을 쳤다. 손을 동그랗게 모아 작은 목소리로 '기여트'라고 외치더니, 내게 공손하고 좋은 표현이라며 따라 해 보란다. 내가 똑같이 발음하며 무슨 뜻인지 묻자, 그들이 걸려들었다는 듯 크게 웃었다. 엉덩이를 지칭하는 비속어라고 했다. 남 앞에서 쓰면 안 되는 저속한 표현이었다. 그 단어를 알려준 녀석은 끝까지 정중한 표현이라고 우겼고, 옆에서 듣고 있던 다른 녀석은 웃으며 아니라고 손사래를 쳤다.

"함부로 썼다가는 경찰서에 가겠네?"

"하하하, 맞아."

내가 맞받아치자 그들은 웃음을 크게 터뜨렸다. 어디에서나 비속어를 알려 주는 것이 가장 재미난 일인가 보다. 그들은 10대 학생답게 장난기와 짓궂은 면모를 가지고 있었지만, 그 웃음에는 어린 시절에만 느껴지는 소년미도 함께 담겨 있었다. 나는 카페 칸에 가는 것도 잊은 채 한참을 대화했다. 그들의 넘치는 에너지를 상대하느라 다소 지쳤지만, 현지인과의 우연한 만남은 여행을 더욱 특별하게 만들어 줬다.

아래층 침대에서 깊은 잠을 잔 L과는 달리, 나는 눈을 붙인 지 네 시간여

만에 기상했다. 탈것에서는 쉽게 잠들지 못하는 성격임을 다시금 확인했
다. 침대는 아늑했지만, 기차 특성상 발생하는 어쩔 수 없는 덜컹거림에 한
번 깨니 다시 잠들지 못했다. 서른 시간 가까이 깨어 있었던 데 비해 수면
시간이 턱없이 모자라 정신이 몽롱했다. 그래도 마음속에 고이 간직해 둔
인생 여행지에 다시 간다는 설렘이 피로를 덮었다. 잠시 지평선 아래로 떨
어졌던 해가 다시 떠올랐다. 구름이 낮게 드리운 어느 호수는 차분했다. 식
당 칸에서 소시지 하나가 들어간 간단한 핫도그와 따뜻한 차로 아침을 먹
으며 창밖을 한참 바라봤다. 기차는 곧 종착역에 다다랐다. 유월의 보되에
는 겨울비가 내리고 있었다.

바다 위의 알프스, 로포텐을 걷다

04

사라진 숙소

쇠르보겐

보되항은 보되역*Bodo Stasjon*과 가까워 공항에서 이동하는 것보다 훨씬 편했다. 항구로 걸어가며 본 풍경에 흐릿했던 기억이 선명해졌다. 낯선 듯 낯익은 길을 걸으며 여객선 터미널에 다다랐다. 터미널 안 셔터로 굳게 닫힌 카페가 이번에는 드르륵하고 열렸다. 카페에서는 간단한 식사와 음료를 판매했다. 터미널은 배를 기다리는 승객들로 붐볐다. 잠시 후, 커다란 여객선이 묵직하게 파도를 가르며 입항했다. 몇 년 사이 이용 정책이 바뀌어 도보 여행자는 여객선을 무료로 탈 수 있게 되었다. 휴대전화로 간단한 신상 정보를 입력한 후, 생성된 QR코드를 직원에게 보여주고 타는 시스템이었다.

　3시간여 동안 물살을 가르고 다다른 로포텐은 날씨도 그때와 다르지 않았다. 산꼭대기를 가릴 정도로 먹구름이 낮게 드리웠고, 비바람이 가끔 몰아쳤다. 이런 날씨에 또 백패킹을 한다면 참 힘들겠지. 하지만 고생스러웠던 지난날과는 달리, 이번에는 숙소를 잡고 다닌다. 모스케네스항과 인접한 마을인 쇠르보겐Sorvägen까지 버스를 타고 이동해 예약한 숙소를 찾아갔다. 버스에서 내리자마자 숙소에서 온 메시지가 있는지 확인했다. 오전에 장문의 메시지가 와 있었다. 부정적인 단어들과 번호가 붙은 문장이 보였다. 체크인 안내는 아니었다. 뭔가 잘못되었음을 직감하고 내용을 읽은 후 L에게 말했다.

　"전기에 문제가 생겨 뜨거운 물이 안 나와서 체크인이 불가하다는데요?"

　사실, 예약 과정에서 호스트를 조금 번거롭게 한 일이 있었다. 취소가 불가한 조건이지만 합당한 금액에 혹해 냉큼 3박을 예약했는데, 일정을 이리저리 맞추다 보니 이곳에서 그 기간을 내리 머무는 것이 최선은 아니겠다고 판단했다. 사과와 함께 예약을 취소할 수 있는지, 아니면 기간을 변경할 수 없을지 여러 차례 문의했다. 애석하지만 당연하게도 돌아온 대답은 단

호한 거절이었다. 그대로 머물겠다고 하니 OK, 알파벳 두 글자로 간단하게 답장을 보내왔다. 변수가 많은 여행에 환불 불가 상품은 양날의 검이었다. 저렴한 대신 어떠한 상황이 생겨도 일정에 나를 가둬야 하는 불편함을 감수해야 한다는 걸 이번에 뼈저리게 깨달았다. 갈대 같은 내 마음도 변수 중 하나였다. 그러나 일정을 고치지 않고 마을까지 왔건만, 갑자기 체크인을 못 한다니. 눈앞에서 예약한 숙소가 증발해 버린 것이나 다름없었다. 혹시 우리가 자꾸 문의한 것이 마음에 들지 않아 그런 건 아닐까 싶은, 말도 안 되는 생각도 스쳐 지나갔다. L도 내용을 보고 어처구니없다는 듯 불만을 터뜨렸다.

"이럴 거면 애초에 취소해 달라고 할 때 들어주지."

호스트는 메시지로 세 가지 대안을 제시했다. 첫 번째는 마을 내 다른 호텔에서 묵는 것. 두 번째는 인근 마을 레이네에서 1박을 하고 돌아와서 원래 숙소에서 남은 2박을 하는 것. 세 번째는 전액 환불받는 것. 우리는 쭈그리고 앉아서 긴급히 의논했다. 예약 자체를 없던 일로 하면 바꾸려고 고민하던 일정을 다시 꺼낼 수가 있었다. 하지만 그뿐이었다. 당일에 다른 숙소를 잡아 일정을 분산하는 건 어려웠다. 두 번째 선택지 또한 제외했다. 이 시간에 레이네로 가는 버스가 없으며, 어차피 사흘 후에 그쪽으로 넘어갈 계획이기 때문이다. 굳이 동선을 겹치게 할 필요가 없었다. 결국 첫 번째 대안을 선택하고, 호스트에게 그곳으로 가겠다고 답장을 보냈다. 메시지를 보며 5분쯤 걸으니 넓은 주차장과 자갈길이 나왔다. 그 안쪽에 임시 건물처럼 생긴 길쭉한 단층 건물이 잔디밭 위에 살짝 뜬 채로 세워져 있었다. 우리가 묵을 숙소였다. 출입문을 열고 들어가자 곧장 작은 주방과 테이블 하나가 있는 공용 공간이 나왔고, 그 안쪽에 통로 양쪽으로 방이 있었다. 리셉션은 없었다. 테이블에 앉아 호스트에게 연락을 보냈다.

"어떻게 체크인할 수 있나요?"

"인근 레스토랑에 키를 맡겨 놨어요. 거기서 가져가시면 돼요."

500m쯤 떨어진 그 레스토랑은 작은 연못 위 목조 다리 끝에 있었다. 빨간 로르부를 연상케 하는 외관이 포근해 보였다. 조심스럽게 문을 열었다. 아직 영업시간이 아닌 식당 안은 고요했다. 인기척을 느낀 직원이 나왔다. 우리가 받은 메시지를 그녀에게 보여주었다. 그녀는 내용을 읽어 보고 곧 말했다.

"음… 그래요. 키는 문에 있고, 방은 12호예요."

"방 안에요?"

"네, 문에 걸려 있어요."

"아… 알겠습니다."

왠지 시무룩해진 내 모습이 걱정스럽게 느껴졌는지, 그녀는 아이를 달래는 듯한 보드라운 목소리로 말했다.

"걱정하지 말아요, 괜찮아요."

"네, 감사합니다."

나는 밖으로 나와 허탈하게 웃었다. 왜 레스토랑을 오가게 했는지 몹시 황당했지만, 짧게 마을 산책을 한 셈 쳤다. 그녀의 말대로 방 문고리에 열쇠가 꽂혀 있었다. 하얀 벽에 액자 두어 개가 걸려 있고, 침대와 책상 등 기본 시설만 갖춘 방은 소박하면서 깔끔했다. 창밖으로는 수풀이 엉킨 틈 사이로 호수와 산봉우리가 보였다. 그제야 비로소 마음을 놓고 로포텐에 첫 짐을 풀었다.

05

마을을 채우는 작은 폭포

쇠르보겐

계획대로 숙소에 들어왔더라면 다른 마을을 잠시 다녀오려 했다. 그러나 체크인이 늦어져 그 계획을 접고, 머무는 동네를 둘러보기로 했다. 레이네와 오 사이에 있는 쇠르보겐은 우리나라 리와 비슷하게 민가가 드문드문 흩어진 소박한 어촌이다. 작은 부두 건너편에 빨간 로르부가 띄엄띄엄 떨어져 자리를 잡은 모습이 아늑했다. 인근 마을만큼 유명하지는 않지만, 모스케네쇠위아의 웅장한 산군을 마주하며 조용한 분위기 속에 머물 수 있는 곳이다. 양쪽 마을까지 버스로 이동하기 편하고, 마트와 레스토랑도 있어 거점 지역으로 삼기에 괜찮다. 식비를 아끼기 위해 외식은 최소한으로 할 생각이었기에, 마을에 마트가 있는지는 숙소 위치를 결정하는 데 중요한 요소 중 하나였다. 오에 숙소를 잡을 수도 있었지만, 편의 시설이 부족해 선택지에서 제외했다. 쇠르보겐에서 머무는 동안에는 냉동식품을 사서 전자레인지에 데워 먹으며 끼니를 해결하곤 했다.

첫날에는 저녁을 먹고 나서 숙소 바로 뒤에 난 산책길을 걸었다. 커다란 호수를 끼고 이어지는 길을 따라가자, 넓적한 바위가 깔린 등산로가 나타났다. 문켄*Munken*으로 가는 시작점이기도 하다. 로포텐에서도 손꼽히는 피오르 전망을 자랑하지만, 바윗길과 급경사 구간이 많아 쉽지 않은 산이다. 우리는 이곳을 일정에 넣을지 고심하다가, 부족한 등산 경험과 체력을 이유로 계획에서 제외했다. 그러나 이곳까지 온 만큼 등산로 초입에 있는 로포텐 폭포에는 올라가 보기로 했다. 마을 뒤에 듬직하게 솟은 고봉은 구름에 가려 모습을 드러낼 듯 말 듯했다. 이따금 실루엣이 드러날 때면 그 웅장하고 신비한 모습에 시선을 빼앗겼다. 바위를 따라 낮은 오르막을 잠깐 올라 옆을 보니 마을이 시야에 들어왔다. 호수와 바다 사이에서 야트막한 언덕을 낀 마을이 반원을 그렸다. 그 반대편에서 높은 암벽을 타고 폭포가 쏟아졌다. 멀리서 볼 땐 작고 가늘었지만, 가까이 다가가자 바위를 따라 몇 갈래로 묵직하게 쏟아지는 물줄기가 굉장했다. 의외로 웅장한 폭포를 보며 감탄했다. 그 소리도 상당히 커서 목소리가 폭포에 묻히지 않게 힘을 주고 말해야 했다. 로포텐에서는 가느다란 물줄기가 산이나 바위를 타고 떨어지는 모습을 종종 볼 수 있지만, 정식 이름이 붙은 곳은 이 로포텐 폭포*Lofoten Falls*를 포함해 단 두 군데밖에 없다.

내친김에 조금 더 올라갔다. 협소한 산길을 따라 10여 분을 오르자 너른 호수가 나타났다. 호수는 구름에 가려진 산들로 둘러싸여 짙고 무거운 분위기를 자아냈다. 이 잔잔한 호수에서 나온 물줄기가 자연이 만들어 낸 경사로를 자유롭게 타고 내려오며 폭포가 만들어졌다. 떨어진 폭포수는 마을 양쪽에 난 또 다른 호수로 흘러 들어가 노르웨이해로 퍼져 나갔다. 다른 유명한 폭포처럼 화려하거나 웅장하진 않지만, 소박한 모습으로 묵묵하게 제할 일을 하고 있었다. 폭포는 작은 체구로 우렁찬 물소리를 토해 내며 마을에 생기를 더했다.

06

사진 속 풍경을 찾아서

베뢰위, 호엔

오랜만에 겪는 백야는 어색했다. 블라인드 사이로 내내 새어 들어오는 빛이 시간 감각을 흐트러뜨렸다. 잠들려고 애써 눈을 감아도 눈꺼풀 너머로 희미한 빛이 느껴졌다. 의식하지 않으려고 하다가도 이따금 신경에 거슬렸다. 백야라서 좋은 점도 여전했다. 시간에 구애받지 않고 어느 때나 돌아다녀도 괜찮다는 것이었다. 이날 일정을 결정하는 데도 큰 영향을 미쳤다. 문켄을 오르는 대신, 배를 타고 남서쪽으로 30여 km 떨어진 섬인 베뢰위*Værøy*를 여행하기로 했다. 오전에 들어가 늦은 시간에 나오는 배편밖에 없어 하루의 반을 섬에서 보내야 한다는 부담이 있었지만, 험난함보다는 안전함을 택했다.

베뢰위로 가는 배 역시 모스케네스항에서 탈 수 있다. 마찬가지로 도보 여행자는 무료다. 하지만 섬 내에 대중교통 수단이 없다 보니, 승객 대부분은 차를 가지고 있었다. 몸만 달랑 이끌고 서 있는 사람은 우리를 포함해 한 손에 꼽을 정도였다. 바닷길은 노면이 극도로 불규칙한 비포장도로 같았다. 파란 바탕에 구름이 몇 점 둥둥 떠가는 평화로운 하늘과는 달리, 바다에는 허연 잔물결이 거세게 일었다. 파도의 울렁임은 섬에 근접할수록 심해졌다. 배는 놀이동산 바이킹처럼 파도를 타고 위로 솟았다가 아래로 떨어지길 반복했다. 선체가 해수면에 부딪혀 쿵 하는 소리가 크게 났다. 그럴 때마다 몸도 휘청였다. 눈을 감고 어지러운 머리를 겨우 붙잡았다. 한 시간보다 훨씬 길게 느껴졌던 대항해를 끝내고 베뢰위에 들어갔다. 그나마 몇 있었던 도보 승객들도 어디선가 온 차를 타고 뿔뿔이 흩어졌다. 걸어서 다니는 사람은 우리뿐이었다. 베뢰위에는 본섬보다 더 매섭고 차가운 바람이 불었다. 햇볕이 내리쬐긴 했지만, 언제 날씨가 변할지 몰랐다. 베뢰위는 고대 노르웨이어로 '날씨의 섬'을 뜻한다. 주변 환경에 그대로 노출된 섬 특성상 기상이 혹독하다는 점에서 유래한 이름이다. 하루에도 날씨가 여러 번 급변하고, 섬 한쪽은 비가 오는데 다른 한쪽은 맑은 경우도 허다하다고 한다. 그 이름 때문에 바람만 불어도 괜히 흠칫했다. 섬 끝에 뻗은 산맥 위로 짙은 구름이 점점 드리웠지만, 다행히 비는 오지 않았다. 당장 걸어 다닐 만한 괜찮은 환경이었다. 하지만 제법 싸늘한 공기를 맞으며 이 섬에 12시간을 내리 머물러야 한다니 한편으로는 막막했다.

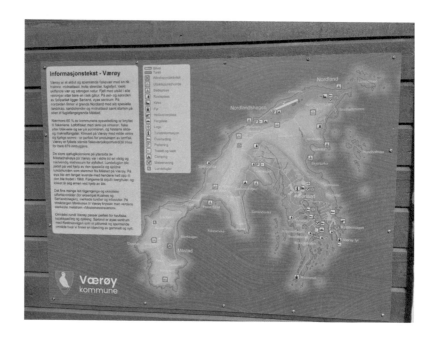

　항구 한편에 걸린 지도부터 살펴봤다. 섬 모양이 꽤 독특했다. 알파벳 m 모양에서 오른쪽 끝이 뾰족 튀어나온 형태로, 마치 목이 긴 공룡이 왼쪽을 향해 서 있는 모양새였다. 섬의 아래쪽에는 쇠를란*Sørland* 마을이 있고, 그 위로는 산맥이 길게 뻗어 있었다. 우리는 섬을 상징하는 산인 호엔*Håen*을 다녀오기로 했다. 항구에서 출발해 정상에 오른 후 돌아오려면 장장 16km 에 달하는 긴 트레킹을 해야 한다. 등산로 입구까지 걸어가는 길만 해도 4km에 달한다. 항구에서 쭉 뻗은 1차선 도로를 따라 마을 외곽을 둘러서 한참을 가야 한다. 그런데도 이곳을 찾은 건 호엔 정상에서 찍은 단 한 장 의 사진을 보며 생긴 호기심 때문이다. 세상의 끝에서 바라보는 듯한 사진 속 풍경은 단순하지만 웅장하게 느껴졌다. 과연 들인 노력만큼 깊은 인상 을 받을 수 있을지는 아직 미지수였다.

베뢰위에는 쇠르보겐 인구보다 두 배 정도 많은 700여 명이 거주하지만, 땅이 넓어 인구밀도는 20분의 1에 불과하다. 그만큼 집마다 터가 넓어 여유롭고 한적해 보였다. 각양각색으로 띄엄띄엄 떨어진 집들을 구경하며 걷는 재미가 있었다. 대부분 푸른 잔디밭이 있고 주변에 나무가 많아 어느 산촌 같은 분위기였다. 집마다 사람은 보이지 않았지만, 로봇 청소기처럼 생긴 기계가 잔디 위를 천천히 누비며 가사 활동을 대신하고 있었다. 마을 내에도 여전히 걸어 다니는 사람을 찾아보기 힘들었다. 월요일이라 모두 어딘가로 일을 나간 것이 아닐지 추측했다. 간혹 지나가는 차량만이 이 섬에 누군가가 있다는 걸 알려 주었다. 별안간 덤프트럭 한 대가 묵직한 엔진 소리를 내며 빠르게 스쳐 지나가 아찔했다. 어차피 곧 끝날 길인데 뭐가 그리 급하다고.

왼쪽에 펼쳐진 잔잔한 만을 따라 걷다 보니, 정규 도로가 끝나고 작은 주차장이 보였다. 그 옆으로는 아스팔트가 갈라진 또 다른 도로가 산자락을 따라 이어졌다. 입구에는 차량 출입을 막는 차단 봉이 놓여 있었다. 먼발치에서 누군가 터널을 빠져나오는 듯한 모습을 봤기에, 등산로라고 생각하고 의심 없이 올라갔다. 곧 커다란 암벽에 난 터널을 마주했다. 그 안은 햇빛이 닿지 않는 암흑이었다. 한 번 들어가면 영영 나오지 못하는 미지로 이어진 통로 같았다. 슬쩍 안을 들여다보는 것만으로도 등골이 서늘했다. 아니나 다를까, 입구에는 노란색 바탕에 손 모양이 크게 박힌 진입 금지 표지판이 붙어 있었다. 다시 내려와서 주차장 안쪽으로 갔다. 그제야 한 건물 옆으로 난 숲길과 이정표가 눈에 들어왔다. 때마침 마주친 하산객에게 호엔으로 향하는 길이 맞는지 확인했다. 그러면서 물어봤다.

"저쪽 터널은 진입이 금지된 게 맞죠?"

"네, 그렇긴 한데 지나가려면 지나갈 수 있어요."

"그렇군요. 그런데 아까 올라가서 보니 너무 암흑이라 무섭더라고요."

그녀는 호탕하게 웃으며 고개를 끄덕였다. 분명 멀리서 내려오는 사람을 봤다. 주황색 옷을 입고 있어 눈에 잘 띄었다. 아마 자전거를 타고 있었다면 전조등을 켜고 그 터널로 내려왔겠거니 했다. 아무리 지름길이라 한들 걸어서 통과하기에는 도저히 엄두가 나지 않았다.

산길을 따라 올라가자 터널을 지난 곳에서 도로와 만났다. S 자로 굽은 도로를 따라 오를수록 섬 전체가 점점 시야에 들어왔다. 굳건한 성벽처럼 곧게 뻗은 산맥 옆에는 칼로 잘 베어 놓은 듯한 번듯한 땅 위에 집들이 서로 거리를 두고 있었다. 바다는 땅과 같은 높이에서 눈높이를 맞추며 수평을 이뤘다. 정상으로 가는 내내 풍경이 펼쳐져 지칠 때마다 돌아보며 힘을 얻었다.

오르막이 끝나고 정상으로 가는 길 저편에는 군사기지가 보였다. 그제야 왜 도로로 연결되어 있는지 깨달았다. 우리나라처럼 이곳도 촬영이 금지되어 있지만, 그 사이를 아무런 제지 없이 통과할 수 있다는 게 낯설었다. 민간인이 드나들어도 전혀 문제가 없는 시설인 듯했다. 기지 뒤로 이어진 산길을 따라 트인 곳으로 갈수록 바람이 거세졌다. 모래가 높게 휘날려 눈으로 날아오고 머리칼이 빳빳하게 설 정도였다. 강풍을 뚫고 마침내 정상에 다다랐다. 그 끝에 까마득한 절벽 너머로 산맥이 뻗어 있었다. 이 풍경 하나를 보기 위해 몇 시간을 걸어 올라왔다. 산은 거대한 용이 몸을 살짝 구부리고 있는 듯한 자태였다. 산자락 평지에는 버려진 마을 모스타드 *Måstad* 도 어렴풋이 보였다.

여행 계획을 짤 때면 글과 사진을 찾아보며 정보를 얻는다. 멋진 사진 한 장은 그곳으로 떠나고픈 마음을 크게 불러일으킨다. 하지만 때로는 풍경을 실제로 마주했을 때 느끼는 감흥을 반감시키기도 한다. 사진과 다른 모습에 실망하거나, 그저 사진 그대로의 풍경을 본 것에 불과해 밋밋하게 느껴질 때도 있다. 베뢰위에 오기 전에도 이곳의 사진을 여러 번 보며 갈지 말지 고민했다. 게다가 계속 그 사진을 보니 이미 다녀온 듯한 기분이 들었고, 현장에 있어도 특별한 매력을 느끼지 못할 것 같았다. 하지만 그것은 완전한 착각이었다. 물론 실제로 마주한 모습은 사진으로 본 그대로였다. 망망대해에 굵직하고 우람하게 뻗은 산맥 하나가 전부였다. 그렇지만 사진은 여행의 과정과 풍경의 규모를 담아내지 못했다. 바다와 하늘은 수평선에 드리운 하얀 구름에 경계가 허물어져 하나가 된 듯 아득하게 펼쳐졌다. 단순한 구성이었지만, 온몸을 에워싸는 듯한 압도감이 느껴졌다. 섬을 걷는 내내 마주한 풍경은 망설인 시간이 아까울 만큼 잔잔하고 깊은 울림을 주었다. 여기까지 고생하며 한참 걸어온 것도, 얼굴이 차갑게 굳어 버릴 정도로 강한 바람에 맞서 견디는 것도 여행의 한 과정이었다. 이 모든 게 섞여서 기승전결이 뚜렷한 이야기처럼 기억에 깊이 남는다. 작은 조각에 불과한 사진을 보는 것만으로는 여행이 주는 만족을 결코 채울 수 없다.

07

사소하게 당황스러운 순간들

베뢰위

몰아치는 강풍을 견디지 못해, 정상에서는 겨우 10분 남짓 머물렀다. 돌아가는 배가 뜨기까지 6시간이나 남아, 내려오는 길에 옆 봉우리인 호르네*Hornet*에 올랐다. 정상 부근에 다다르자 순간 호흡이 가빠지고 몸에 힘이 빠졌다. 잠시 바위에 기대 숨을 돌린 후 곧장 하산했다. 돌이켜 보니, 이때까지 에너지바 한 개만 달랑 먹고 버틴 상태였다. 주차장에 내려왔을 땐 어느새 오후 5시 무렵이었다. 발열 도시락으로 뒤늦게 허기를 달랬다. 밥을 먹는 동안 먹구름이 몰려와 하늘이 점점 흐려지더니, 다 먹었을 때쯤 비가 쏟아지기 시작했다. 섬이 이름값을 하는 순간이었다. 서둘러 짐을 챙겨 중심 마을인 쇠를란으로 향했다. 햇볕이 사라지니 체감 기온이 뚝 떨어져 초겨울에서 한겨울로 들어선 듯했다. 다행히 비는 금세 그쳤고, 하늘은 언제 그랬냐는 듯 파란 색채를 드러냈다.

베뢰위에 단 하나 있는 마트인 쿱 프릭스*Coop Prix*는 작은 마을에 있다는 게 믿기지 않을 만큼 규모가 컸다. 가지고 온 식량이 떨어져 간식과 생수를 사기로 했다. 마트를 둘러보니 트론헤임역에서 샀던 것보다 훨씬 저렴한 생수가 있었다. 혹시나 탄산수일까 봐 라벨을 보니 'mineral water'라고 쓰여 있었다. 의심 없이 1.5L짜리로 집었다. 계산까지 마치고 밖으로 나온 직후 한 가지 문제를 마주했다. L이 결제했는데, 카드에서 빠져나간 금액이 생각보다 많았다. 계산할 때 한 치 망설임도 없이 영수증을 버려 각 제품의 정확한 금액을 알 길이 없었다. 그는 영수증을 받지 않은 걸 뒤늦게 후회했다. 우리는 물건을 고를 때 봤던 가격을 떠올리고, 인터넷으로 해당 제품을 검색하며 오차의 근원을 찾아 나갔다. 가장 먼저 생수를 의심했다. 마트에서 본 가격은 20크로네 남짓이었는데, 온라인에는 같은 제품이 약 40~50크로네 정도로 나왔다. 그것을 기준으로 전체 가격을 유추해 보니 얼추 결제한 금액과 비슷했다. 물병에는 왕관 모양과 함께 '로열'이라는 단어가 큼지막하게 적혀 있었다. L은 확신하며 말했다.

"물 때문이네, 봐봐. 로열이라고 적혀 있는데 그렇게 쌀 리가 없어."

그럴듯한 그의 추론에 고개가 저절로 끄덕여졌다. 유력한 원인은 가격이 두 번 찍혔거나 가격표가 잘못됐거나, 둘 중 하나였다. 깔끔히 해결되지 않아 남은 묘한 찜찜함은 물 한 모금에 날리고자 했다. 병뚜껑을 돌리자 치익— 하며 김이 새는 소리가 들렸다. 이름만 보고 생수라 굳게 믿었던 것은 탄산수였다. 어이없는 웃음이 새어 나왔다. 탄산수는 이산화탄소가 만들어 내는 껄끄러운 질감 때문에 갈증을 해결하기에는 좋지 않았지만, 안 마시는 것보다야 나았다. 과일 향 같은 인공감미료가 첨가되지 않은 것이라 다행이었다.

마트에 딸린 쉼터에서 휴식을 취하는 동안에도 비가 두어 번 쏟아지다 그치길 반복했다. 이제야 비를 만난 게 운이 좋았다. 산속이었다면 꽤 고생했을 걸 생각하니 아찔했다. 한바탕 비가 지나간 후에는 미리 지도로 봐 둔 펍에 가기로 했다. 가볍게 한잔 기울이며 배를 기다리기 좋아 보였고, 마을 내에서 그럴 만한 거의 유일한 장소인 듯했다. 지도에 표시된 대로 마트 바로 건너편에 있는 건물로 들어갔다. 테이블 몇 개가 잘 정돈되어 가지런하고 차분한 분위기였다. 안쪽에는 간단한 요깃거리와 조리 음식을 파는 카운터가 있었다. 그러나 가게의 생김새와 메뉴가 지도로 본 것과는 달랐다. 햄버거를 주문하고 자리에 앉아 지도를 다시 확인했다. 우리가 들어온 건물은 키오스켄*Kiosken*이라는 휴게소 같은 식당이고, 펍은 그 뒤편에 붙어 있다고 나왔다. 창 너머로 그곳을 오가는 사람들이 보였다. 그제야 잘못 왔단 걸 깨달았다. 그래도 여전히 배가 고픈 상태였고, 이곳 역시 늦게까지 영업을 해 배를 기다리기에는 충분했다. 곧 커다란 접시에 재료가 푸짐하게 들어간 햄버거와 수북한 감자튀김이 같이 나왔다.

두 번째 로포텐 방문이지만, 식당을 이용하는 건 이번이 처음이었다. 예전에 모스케네스행 배에서 먹었던 햄버거와 감자튀김 세트가 150크로네(한화 약 20,000원) 정도였는데, 여긴 그보다 비싼 264크로네(한화 약 35,000원)였다. 고급 브랜드가 아닌 이상 햄버거에 이만큼 돈을 태운다는 것은 상상도 못할 일이었다. 비싼 노르웨이 물가에 혀를 내둘렀다. 햄버거는 겉보기에는 완벽했지만, 맛은 기대에 못 미쳤다.

"노르웨이 음식이 원래 이렇게 짜냐?"

"와, 입술이 쭈글쭈글해졌어요."

무엇이든 처음 겪은 일은 기억에 오래 남으며, 이후 비슷한 경험을 할 때 척도로 작용하기도 한다. 이날 먹은 햄버거가 음식 맛을 평가하는 기준이 되었다. 노르웨이 음식에 대한 기대도 자연스레 내려갔다. 맛이 없진 않았지만, 강한 염도가 다른 맛을 모두 덮어 버렸다. 비싼 값을 치른 데다 여태 한 끼밖에 못 먹어 배는 채워야 하니 꾸역꾸역 다 먹었다. 남은 탄산수를 벌컥벌컥 마시며 짠맛을 씻어 냈다.

음식을 다 먹은 뒤 앞으로의 일정을 의논하며 식당에 머물다 보니, 어느새 오후 10시가 다 되었다. 섬에서 긴 하루를 보낼 방법을 고민한 것이 무색하게 마트와 식당에서 여유롭게 시간을 보낼 수 있었다. 미묘하게 난처한 일들을 연달아 겪었지만, 그저 허허 웃으며 넘길 수 있는 해프닝으로 남았다. 이런 미미한 사건들이 모여 여행의 기억은 더욱 다채로워진다. 무엇보다 긴 시간 동안 섬에 맨몸으로 머물며 별 탈 없이 여행을 마쳐서 다행이었다. 산 너머 구름 사이로 타오르는 백야의 금빛 노을이 우리를 배웅했다.

08

땅끝 마을이 간직한 이야기

오

끝은 늘 호기심을 부른다. 저 끝에는 뭐가 있을까. 로포텐의 오 마을도 그런 매력에 이끌렸다. 오는 로포텐 제도의 가장 남서쪽 끝 육로가 끝나는 지점에 있는 작은 어촌이자 땅끝 마을이다. 세계에서 지명이 가장 짧은 곳으로도 유명하다. 고대 노르드어로 '작은 강'을 뜻하는 오 역시 어업으로 번성했으며, 지금은 그 문화를 엿볼 수 있게 마을이 조성되어 있다. 같은 이름을 가진 마을이 북유럽과 노르웨이에 많다 보니, 'Å i Lofoten(로포텐의 오)'으로 구분하여 표기하기도 한다.

　쇠르보겐에서 멀지 않은 거리라 가볍게 산책하는 기분으로 길을 나섰다. 한쪽에는 짙은 구름이 산을 더욱 어둡게, 다른 쪽은 파란 하늘이 바다를 더 밝게 만들어 극명한 대비를 이뤘다. 무엇보다 햇볕이 따뜻해 걷기 좋았다. 처음 백패킹을 하던 날 걸었던 길이지만, 아무도 없었던 그때와는 달리 마을을 오가는 사람이 제법 보였다. 마을 입구의 지명 표지판은 관광 명소였다. 표지판의 기둥은 전 세계 각지에서 온 사람들이 붙인 스티커로 가득했다. 이름이 가장 짧다는 게 누구에게나 큰 관심거리일까. 관광객들은 흥미로운 웃음을 지으며 너도나도 표지판 앞에서 사진을 남겼다. 마을 입구의 터널을 넘어가자, 주차장 오른편에 비스듬하고 너른 바위 언덕이 보였다. 3분 정도 올라 꼭대기에 서니 마을 전체가 한눈에 들어왔다. 햇살을 머금은 바다는 맑고 청순했고, 초록빛 나무를 하나씩 품은 집들은 사이가 좋은 대가족처럼 오순도순했다. 반대편에는 산 안쪽으로 길게 뻗은 오그바트네 호수가 고요하고 웅장했다. 주차장 너머에는 바다를 따라 산책로가 이어졌다. 그 끝에는 첩첩이 이어진 높고 험준한 산맥이 위용을 떨쳤다.

해안선을 한 바퀴 돌며 풍경에 흠뻑 빠지고 나서야 마을로 들어갔다. 우리는 노르웨이 어촌 박물관*Norwegian Fishing Village Museum in Å*을 둘러보기 위해 표를 구매했다. 마침 가이드 투어가 시작될 예정이라고 하여 잠시 기다렸다. 곧 전통 복장을 한 젊은 여성 가이드가 모습을 드러냈다. 참여자는 우리뿐이었다. 뜻하지 않게 사적인 투어를 하는 셈이었다. 여러 사람 사이에 섞여 안내를 들으며 조용히 따라다니는 그림을 떠올렸던 터라, 영어로 소통하며 어색하지 않게 투어를 마칠 수 있을지 걱정했다. 그녀가 먼저 아이스 브레이킹을 했다.

"로포텐은 다들 처음인가요?"

"저는 두 번째인데, 오 마을 안까지 들어온 건 처음이에요."

어제는 베뢰위를 걸어서 여행했다고 하니, 그녀는 웃음 섞인 놀란 표정을 지었다. 그녀는 마을 곳곳에 흩어져 있는 로르부들로 우리를 안내했다. 마을이 거쳐온 시간에는 엘링센 가문*Ellingsen Family*이 있었다. 과거에는 노르웨이 국왕이 모든 땅을 소유했는데, 1800년대 들어서 로포텐의 모든 땅을 매각했다고 한다. 땅을 살 여력이 있었던 지역 상인들이 이를 사들였으며, 그중 하나가 엘링센 가문이었다.

마을 곳곳에서 그 가문의 이름을 마주할 수 있었다. 건어를 포장하던 건물 안에서는 큼직한 대문자로 'Ellingsen'이라 적힌 포대를 볼 수 있었다. 자신의 가문 이름이 곧 브랜드였던 셈이다. 건어는 이탈리아와 포르투갈 등 여러 유럽 국가로 수출되었다고 한다. 자갈이 깔린 도로 앞에 세워진 커다란 건물은 선박 보관소였다. 바다에서 조금 떨어진 곳에 보관소가 있다는 것이 의아했는데, 과거에는 도로까지 전부 바다였다고 한다. 보관소 안에 들어가자 파란색 배가 눈에 띄었다. 엘링센 가문이 소유한 것이었다. 그녀는 배를 가리키며 짧은 뜸을 들이고 설명을 이어 나갔다.

"이 배는… 가문이 교회에 갈 때 타고 다녔던 배예요."

"교, 교회에 갔다고요?"

"네, 맞아요."

"바다 위 자가용 같은 느낌이네요."

요즘으로 치면 출퇴근용 차와 장보기용 차를 따로 두는 셈이다. 그만큼 부유했다는 건 알 수 있었지만, 그 크기를 도통 가늠할 수 없었다. 엘링센은 지역 무역을 꽉 잡고 있어 로포텐의 작은 왕이라고 불리기도 했으며, 1900년대 중반까지 지속된 당시 경제 체계에서 중요한 비중을 차지했다고 한다. 마을로 들어오면서 거대한 창고 같은 건물을 마주쳤었는데, 설명문에 등장한 엘링센이라는 이름에 호기심이 생겨 잠시 멈춰서서 찾아봤었다. 아주 간단한 내용만 확인했지만, 어떤 인물이었고 어땠을 거란 추측을 하며 설명을 들으니 더 이해하기가 쉬웠다. 아무리 작은 지식이라도 미리 알아두면 여행지에서 한층 더 깊이 몰입할 수 있다.

약 45분간 이어진 투어는 흥미로운 이야기로 가득했다. 잘 꾸며진 현대식 로르부가 아닌, 실제 어부들이 지냈던 오래된 목조 로르부에는 그들의 흔적이 고스란히 담겨 있었다. 때가 짙게 탄 내부는 침실과 창고로 나뉘었다. 창고에는 각종 그물을 비롯해 고기잡이에 사용했던 장비와 물건들이 가득 있었다. 어부들은 한 번 로르부에 오면 4~5개월을 지내야 해서 성경책과 커피, 잉크 같은 생필품들도 챙겨 왔다고 한다. 안쪽에 자리한 침실은 2층 침대처럼 상단에 침상이 달린 구조였다. 따뜻한 공기가 위로 올라간다는 성질을 살려 설계했다고 한다. 그리 넓지 않은 한 공간에 무려 8명에서 12명이 함께 지냈다고 한다. 간유 공장에서는 대구 간유가 만들어지는 과정을 설명으로 들을 수 있었다. 간유 맛은 참치 기름과도 비슷해 낯설지 않았다. 간에서 식용 기름을 추출하고 나면 부산물이 남는데, 그것을 다른 압착기에 넣어서 또 다른 기름을 뽑아냈다고 한다. 그 기름에는 방수 성분이 있어, 이를 신발과 옷 등에 바르거나 건물 외벽을 칠할 때 페인트에 섞어서 활용했다고 한다. 자급자족했던 삶과 그 속에 담긴 지혜를 마주하며 마을과 가까워졌다.

투어를 마친 후에는 시나몬롤이 유명하다는 오래된 빵집을 찾아갔다. 여름에만 운영하며 전통 방식으로 빵을 만드는 곳이라 잔뜩 기대했지만, 영업이 끝난 직후라 맛볼 수 없었다. 아쉬운 마음에 다른 카페를 찾았는데, 이곳도 거의 빵이 다 팔린 상황이었다. 진열장에 몇 개 남지 않은 빵을 두고 고민하자, 점원이 속사포처럼 말을 꺼냈다.

"빵이 거의 다 팔려서 몇 개 안 남았어요. 근데 한 개 사시면 한 개는 공짜로 드릴게요."

물가가 비싼 노르웨이에서 마다하기 힘든 제안이었다. 조그만 치즈 아몬드 조각 케이크가 한 개에 65크로네(한화 약 9,000원)였는데, 한 개를 덤으로 받으니 소소한 복권에 당첨된 기분이었다. 케이크를 다 먹고 나서는 방파제까지 가볍게 산책했다. 거대한 산군과 잔잔한 바다, 아늑한 마을을 함께 감상할 수 있는 조망 포인트였다. 숙소로 돌아가는 길에 마을 건너편의 오그바트네 호수로 향했다. 빗속에서 호수를 찾아갔던 기억을 더듬었다. 그런데 도무지 어디로 들어갔는지 떠오르지 않아 한참을 헤매다 간신히 길을 찾았다. 작은 공터에 주차된 차들 사이로 샛길이 나 있었다. 정글 같은 숲을 헤치고 나아가자 아늑한 잔디밭이 나왔다. 여전히 캠핑하는 사람들이 있는지, 누군가 돌로 화구를 만들어 놓은 흔적이 보였다. 구름이 걷히고 해가 쨍쨍해 호수는 푸르고 하얗게 빛났다. 그때와는 정반대인 화창한 분위기에 감회가 새로웠다. 호수는 여전히 고요했고, 주변에는 갈매기가 떼를 지어 놀고 있었다. 고생했던 추억이 떠올라 혼잣말했다. 아무도 없는 줄 알았던 호숫가의 아래쪽에 누군가 걸터앉아 햇살을 즐기고 있었다. 혹시라도 내 말을 들었을까 봐 괜히 뻘쭘했다. 뒤따라서 도착한 L이 말했다.

"너 그때 여기는 어떻게 알고 찾아왔냐?"

그저 로포텐의 끝에서 여정을 시작해야겠다는 마음으로 첫 야영지로 잡은 곳이었다. 하지만 다시 생각해도 이토록 호젓한 곳에서 생초보였던 내가 하루를 보낸 것이 신기할 따름이었다. 그날의 추억에 현재의 감정이 더해져 기억은 더욱 풍부해졌다.

09

마침내 마주한 꿈의 풍경

레이네브링엔

쇠르보겐을 떠나 새로운 보금자리인 올레닐쇠위아*Olenilsøya*로 이동했다. 올레닐쇠위아는 모스케네쇠위아에 딸린 작은 섬들 가운데 하나로, 레이네와 함뇌위*Hamnøy* 사이에 있다. 도보로 다니려면 레이네에 숙소를 잡는 것이 편하지만, 적은 인구에 비해 관광객이 많아 숙박 요금이 대체로 높은 편이다. 그 위쪽에는 상대적으로 더 저렴한 곳들이 있다. 우리는 편리한 동선 대신 합리적인 가격을 선택했다. 에어비앤비에서 예약한 하얀 외벽이 아름다운 숙소는 레이네의 산군이 배경으로 펼쳐지는 곳에 있었다. 숙소는 1층에 넓은 공용 공간과 주방 및 욕실이, 2층에 객실이 있었다. 삐거덕거리는 가파른 나무 계단을 최대한 소리가 안 나게 조심히 올랐다. 작은 싱글 침대 두 개와 테이블 정도가 전부인 목조 객실은 소박하며 아늑했다. 창밖에는 푸른 바다와 눈이 살짝 쌓인 듬직한 산이 그림처럼 펼쳐졌다. 공용 공간에 난 넓은 창으로는 풍경이 더욱 큼지막하게 담겼다. 창틀에 서서 대충 사진을 찍어도 멋지게 결과물이 나왔다.

오늘은 드디어 로포텐에 다시 와야 할 이유로 남겨뒀던 레이네브링엔을 오른다. 걸어가기에는 제법 먼 거리지만, 고개를 돌리면 펼쳐지는 절경에 발걸음이 사뿐했다. 강풍이 무지막지하게 몰아쳤지만, 날씨가 화창해 푸르게 빛나는 풍경을 볼 수 있었다. 산에 가기 전에 레이네 마을에 들러 서클 케이를 찾았다. 피스케버거가 아직도 있는지 궁금했다. 여전히 그 버거는 메뉴판에 있었다. 그러나 65크로네(한화 약 9,000원)였던 예전 가격에서 무려 30크로네(한화 약 4,000원)가 더 올라 있었다. 주문 즉시 만드는 방식은 그때와 같았지만, 과감하게 오른 가격에 비해 버거는 오히려 초라해진 느낌이었다. 납작한 튀김 형태로 바뀐 생선 패티는 어떤 부분은 과하게 조리되어 딱딱했다. 패티가 두툼하고 부드러웠다는 건 분명히 아득한 기억 속에서도 살아 있어, 한입 베어 무는 순간 그때 그 맛이 아니란 걸 금방 알 수 있었다. 아련한 향수에 햄버거를 다 먹긴 했지만, 예전 맛이 나지 않아 단골 식당에서 아쉬워하는 손님처럼 씁쓸한 웃음만 지었다.

체력이 떨어질 때를 대비해 초코바를 하나 사서 등산길에 나섰다. 시작점까지는 들어왔던 길을 거슬러 15분 정도 걸어가야 한다. 마을로 이어지는 삼거리에서 왼쪽으로 방향을 틀어, 터널 옆에 바다를 끼고 난 길을 따라갔다. 마치 절벽을 오르듯 산꼭대기로 향하는 사람들이 개미처럼 보였다. 산 입구에는 과연 명소답게 많은 사람이 모여 있었다. 공사가 끝난 산에는 시작점부터 번듯하게 돌계단이 놓여 있었다. 네팔 셰르파들이 수년 동안 길을 터 준 덕분에 가파르고 위험했던 산은 계단을 따라 편하게 오를 수 있는 곳이 되었다. 나같이 겁을 먹고 등산을 포기했던 사람도 분명히 있었을 것이다. 하지만 이제는 걱정하지 않아도 된다. 절벽 길을 따라 계단을 놓아

준 셰르파들에게 마음속으로 경의를 표하며 등산길에 올랐다. 계단은 무려 1,980여 개로, 산 정상 바로 직전까지 이어져 있다. 백 번째 계단마다 올라온 개수가 쓰여 있어 입으로 세어 가며 조금 더 힘을 냈다. 2,000개에 가까운 계단을 오른다는 건 결코 쉬운 일이 아니었다. 조금만 올라도 금세 허벅지가 지끈거리고 다리가 무거워져 자꾸 발걸음을 멈췄다. 계단 중간중간에 마련된 넓적한 돌 벤치에 앉아서 쉬어 갔다. 산을 오르는 데 힘은 들었지만, 어렵지는 않았다. 길이 구불구불하며 경사가 불규칙하고 때로는 바위나 돌무더기를 지나야 하는 다른 산들과는 다르게, 이곳은 등산로와 쉼터가 돌로 잘 닦여 있어 편했다. 걸을 수만 있다면 누구에게나 공평한 길이다. 험난한 산길 앞에서 어떻게 올라가야 하는지 걱정할 필요 없이 그저 앞을 보고 계단만 잘 오르면 된다. 굳이 서두를 필요도 없었다. 오늘은 이곳을 오르는 것이 일정의 전부이고, 그저 내 체력과 페이스에 맞춰 천천히 오르면 그만이다. 그래도 정상에는 남들처럼 도달하게 되어 있다. 예전에 제주도를 여행하다 아침에 어느 오름을 오른 적이 있었다. 아침 댓바람부터 너무 급하게 올랐는지 마지막 계단을 밟는 순간 눈앞이 어지럽고 귀가 먹먹해지며 주변 소리가 들리지 않았다. 이러다 쓰러지겠다 싶어 두려웠다. 호흡을 가다듬자 다행히 가라앉았다. 그 기억을 떠올리면 여전히 아찔하다. 그래서 무리하지 않고 조금이라도 힘들면 쉬어 갔다.

중턱을 넘어 정상으로 갈수록 계단이 가팔라졌고, 옆으로는 까마득한 절벽이 끝없이 이어졌다. 그 너머로는 망망대해가 펼쳐졌다. 계단 옆으로는 예전에 사용한 듯한 흙길의 흔적이 보였다. 그때 올랐더라면 매우 험난했겠다는 생각이 들었다. 마지막 계단을 밟은 후, 끝을 향해 이어진 오르막을 올랐다. 몸이 좌우로 크게 휘청거릴 정도로 거센 바람이 불어닥쳤다. 몸에 힘을 주고 바람에 맞서 간신히 앞으로 나아갔다. 먼저 정상에 오른 L이 말하는 목소리가 바람 소리를 뚫고 귀에 들어왔다.

"여기, 이쪽으로 와. 바람 안 불어."

L은 깎아지른 절벽을 앞에 둔 커다란 바위 아래에 있었다. 나도 황급히 그 밑으로 들어갔다. 바위가 바람을 완전히 막아 다른 세상처럼 고요했다. 그제야 고개를 들었다. 자연이 빚어낸 신비로운 피오르에서 눈을 떼지 못했다. 저 멀리, 안쪽으로 깊게 휘어진 해안선을 따라 봉우리가 날카로운 산이 겹겹이 이어졌다. 바로 오른쪽에 같은 모습을 그대로 복제한 듯 펼쳐진 피오르와 쌍을 이뤄 더욱 웅장했다. 그 옆으로는 아득히 먼 곳까지 섬이 이어져 여운을 남겼다. 아래에서 봤을 땐 거대하게 보인 산들이 이곳에서는 한 폭에 담겼다. 피오르 앞의 바다에는 자그마한 섬들이 얇은 실 같은 다리 하나에 서로 의지해 굽이굽이 이어져 있었다. 그 모습이 왠지 애틋했다. 바다는 남은 공간을 푸른빛으로 채워 풍경을 한층 다채롭게 만들었다. 어느 화가가 내키는 대로 풍경화를 막 그렸는데, 그것이 모두를 홀릴 만큼 어디서도 본 적 없는 매혹적인 작품 같았다. 이 그림을 앞에 두고도 돌아서야 했던 그때가 떠올랐다. 오랜 시간이 흘러 드디어 꿈에 그리던 풍경을 마주하곤 크게 포효했다.

　로포텐은 알프스산맥을 낀 돌로미티나 스위스와 비슷한 듯 확연히 달랐다. 알프스산맥에는 해발 3,000m를 가뿐히 넘기는 산이 많으며, 유명한 곳은 산악 열차나 케이블카로 편하게 갈 수 있다. 반면 로포텐의 산은 가장 높은 곳이 해발 1,000m를 간신히 넘길 정도이며, 500m 내외인 산들이 많다. 그런데 그곳들 못지않게 험준하다. 꼭대기까지 오르려면 반드시 두 발로 걸어야 하고, 고도가 낮다고 얕봤다간 험난한 산길에 큰코다칠 수 있다. 하지만 그 난관을 뚫고 정상에 오르면 평생 기억에 남을 만한 풍경을 대가로 받는다. 고생 끝에 대자연의 선물을 마음에 품어 보는 그 순간은 짜릿하고 감격스럽다. 게다가 어디든 바다와 맞닿아 있어 더욱 이채롭다. 그 모습을 알프스에 빗대어 '바다 위의 알프스'라고 부르기도 한다. 그 한 가지 요소인 바다가 더해짐으로써 로포텐만의 고유한 특징과 색채가 살아 느껴졌다. 레이네브링엔은 그 색깔을 가장 진하게 품은 곳이었다. 바위 밑에 앉아 한 시간 넘게 그 풍경을 가만히 감상했다. 그러고는 제법 공간이 넉넉한 흙바닥에 서서 피오르를 등지고 있는 힘껏 뛰어올랐다. 오래 묵혀 두었던 갈망은 점프와 함께 드디어 성취했다는 진한 쾌감으로 바뀌었다.

길 위의
주인공이 되어

01

렌터카 여행의 매력

스볼베르

    로포텐 여행의 후반부 일정은 렌터카로 소화하는 것으로 결정했다. 이른 아침에 일어나 버스를 타고 스볼베르로 향했다. 3시간 넘게 이동해야 했지만, 이번에도 그곳에서 여정을 끝낼 예정이었기에 차를 반납할 때 편의성을 고려하여 내린 선택이었다. 게다가 점찍어 둔 곳이 렌터카 업체로는 드물게 평점이 상당히 높아 그만큼 믿음직했다. 스볼베르에 도착해 업체를 찾아 여권을 제시한 후 인수 절차를 밟았다. 덩치가 크고 인상이 센 직원을 마주하며 조금은 긴장했다. 그는 우리 여권을 가만히 보더니 이내 입을 열었다.

    "오, 한국에서 왔어요? 저 한국어 조금 알아요. 일, 이, 삼, 사…."

    그는 방긋 웃으며 우리말로 십까지 숫자를 빠르게 세었다. 발음이 또렷해 나는 깜짝 놀라며 감탄했다. 나도 곧장 노르웨이어로 엔, 투, 트레, 피레를 읊으며 답가하듯 숫자를 셌다. 그 직원도 내가 노르웨이어로 숫자를 세는 걸 보며 놀라워했다.

    "와, 노르웨이어는 어떻게 알아요?"

    "여행 오기 전에 조금 연습했어요, 하하."

    예전에 해외여행을 갈 때는 그 나라의 인사말만 익혔다. 요즘은 여기에 간단한 표현과 숫자를 익혀 간다. 대체로 영어로도 소통을 할 수 있지만,

간단한 표현이라도 그 나라 언어로 전달하는 게 가장 정확하기 때문이다. 그리고 그곳에 관심을 가지고 방문했다는 예의와 존중을 나타내기도 한다. 상대의 언어로 숫자만 셌는데도 서로의 얼굴에 웃음꽃이 피었고, 긴장했던 내 마음도 어느새 풀렸다.

우리가 예약한 차는 자동 기어 차량 중 가장 저렴한 독일제였다. 그래도 성수기로 접어드는 6월이라 렌트 비용이 하루에 20만 원 꼴이었다. 비수기보다 두 배 가까이 비쌌다. 사흘 치를 빌리니 60만 원이 들었다. 결제를 마친 후 직원에게 간단한 안내와 주의 사항을 듣고 차에 올랐다. 차는 가장 저렴한 만큼 오래됐지만 잘 관리되어 있었다. 운전은 L이 맡았다. 페달 감도가 익숙하지 않아 평소대로 밟으니 차가 급하게 움직였지만, 이내 감을 잡았다. 도시를 벗어나 섬 한복판을 내달렸다. 속도를 조금만 높여도 레이스 트랙을 달리는 듯한 기분이었다. 커브를 돌면 앞 유리로 모습을 드러내는 풍경은 온전히 우리 것이었다. 라디오를 켜 봤다. 주황색 바탕에 점으로 숫자가 찍힌 표시창에서는 아날로그 감성이 물씬 풍겼다. 괜히 이리저리 버튼을 돌리다가 신나는 노래가 나오면 채널을 고정해 리듬에 몸을 실었다.

E10 도로를 따라 하루에 한두 곳 정도만 들르는 일정은 버스를 이용해도 충분히 소화할 수 있었다. 하지만 섬 곳곳에 퍼진 다른 장소들을 찾아가는 건 어려웠고, 가다가 멋진 풍경을 마주해도 창 너머로 볼 수밖에 없었다. 렌터카는 이 모든 아쉬움을 단번에 날려 주었다. 렌터카 여행의 좋은 점은 로포텐에서 더욱 뚜렷했다. 언제든지 멋진 풍경이 나오면 차를 세우고 단 1분이라도 그 한가운데서 심취할 수 있다는 것. 가고 싶은 곳이 있으면 얼

마든지 갈 수 있다는 것. 시간에 구애받지 않고 언제든지 움직일 수 있다는 것. 그리고 찻길을 걸으면서 부러워했던 대상을 지금 경험하고 있다는 것. 비록 캠핑카는 아니었지만, 차가 있다는 것만으로 여행의 질이 두세 단계는 높아진 듯했다. 이 순간 나는 길 위의 주인공이었다.

02

바이킹 세상 속으로

보르그

차를 타고 다니는 동안에는 버스로 접근하기 어려운 곳을 위주로 둘러보기로 했다. 큰 관심사는 대구의 흔적을 찾아가는 것과 곳곳에 흩어진 작은 마을들을 가 보는 것이었다. 먼저 베스트보괴위아 북부의 작은 마을 보르그*Borg*를 찾았다. 보르그는 과거 바이킹의 족장이 살았던 곳으로, 다양한 유적이 출토되었다. 그 모습이 로포트르 바이킹 박물관*Lofotr Viking Museum*에 복원되어 있다. 먼발치 푸른 벌판 위에 지붕이 깊게 내려온 목선 모양의 갈색빛 건축물이 시선을 잡아당겼다. 바이킹의 기백이 벌써 느껴지는 듯했다. 스칸디나비아와 유럽을 호령했던 그들이 지냈던 흔적도 궁금했지만, 대구에 얽힌 역사를 발견할 수 있지 않을까 하는 기대가 있었다. 대구는 로포텐 경제를 지탱해 온 중요한 산물이고, 버릴 게 없는 유용한 생선이다. 춥고 거센 노르웨이해를 헤쳐 나가야 했던 바이킹에게 대구는 무기만큼 필수적인 물건이었다. 특히 소금을 사용하지 않고 대구를 건어로 만들어 오랜 기간 신선한 상태로 보관하는 방법은 그들에게 매우 중요했다. 소금을 수입하지 않고서는 구하기 어려운 시대였기 때문이다. 건조한 대구는 먼바다를 건너

아이슬란드와 그린란드, 아메리카 등지를 발견하는 항해에 커다란 힘이 되었다. 오래 보관할 수 있는 음식이 없었다면 긴 항해에서 살아남기 어려웠을 것이다. 콜럼버스보다 훨씬 앞서 그곳들을 발견할 수 있었던 건 풍부한 대구에 그들의 지혜가 더해진 덕분이었을 것이다.

입장권을 끊고 나서 실내 전시관을 먼저 둘러보는 것으로 관람을 시작했다. 내부에서는 과거에 사용했던 복장과 도구, 역사 등을 볼 수 있었다. 전시관을 가볍게 훑어본 뒤에 야외로 나갔다. 초원 위 거대한 목조 건물이 온전한 모습을 드러냈다. 족장이 지냈던 집으로, 서기 900년대 양식으로 지어졌다. 그 길이가 무려 83m, 너비는 12m에 달한다. 집 안으로 들어가자 시간을 거슬러 그 시대로 돌아간 듯한 모습이 펼쳐졌다. 내부는 크게 연회장과 거주 공간, 헛간으로 나뉘었다. 가장 먼저 불이 타오르는 나무 화로가 시선과 후각을 사로잡았다. 나무를 연소하며 피어나는 연기는 내부를 감돌며 공기를 훈훈하게 했다. 그 냄새가 고풍스러우면서 은은하게 향기로웠다. 연회장 끝에는 족장이 앉았을 것으로 추정되는 자리가 보였다. 관람객들이 직접 체험해 볼 수 있게 투구와 검, 방패 등이 놓여 있었다. 투구는 군대에서 썼던 방탄모보다 적어도 다섯 배는 더 무겁게 느껴졌다. 가만히 서 있기도 버거울 정도로 무거운 투구를 쓰고 전장에 나섰다는 것이 믿기지 않았다. 거주 공간에는 마치 식당처럼 양옆에 깔린 낮은 나무 단상 위에 넓은 테이블이 일정하게 놓여 있었다. 관람객들은 복장을 갖춰 입은 직원과 함께 둘러앉아 만들기 체험을 하고 있었다. 주방 모습을 재현한 곳에는 각종 식기와 함께 도마에 놓인 대구 건어가 보였다. 천장에는 마을에서 봤던 것처럼 나무 막대에 대구를 거꾸로 매달아 건조하는 모습을 만들어 놓았다. 바이킹 박물관을 둘러보며 유일하게 발견한 대구 흔적이었다. 어떤 설명이나 거창한 전시가 있는 건 아니지만, 그들의 생활공간 안에도 대구를 넣어 둔 모습을 통해 일상에서 중요한 요소였다는 걸 자연스레 인지할 수 있었다.

바이킹 박물관이 가진 가장 큰 매력이자 핵심은 야외 공간이었다. 족장의 집은 그 가족이 지내던 농장이기도 했다. 농장은 방목지와 숲을 갖췄고, 바다와도 가까웠다. 이 모든 곳을 산책하며 만날 수 있었다. 그중에서는 초원이 가장 매력이 넘쳤다. 부드러운 파도가 일렁이듯 굽이진 언덕과 주변의 산림은 마치 제주도의 어느 오름을 연상케 했다.

바다 위의 알프스, 로포텐을 걷다

천천히 풀을 뜯는 말들도 보였다. 족장의 집 뒤로 구름을 뚫고 높게 솟구친 산은 로포텐의 매력을 그대로 드러냈다. 풍경에 감탄하며 걸어가다 보니 갈림길을 마주했다. V 자 모양으로 갈라진 길의 접점에 세워진 이정표는 같은 방향을 가리켰다. 나는 혼잣말로 중얼거렸다.

"화살표가 어디로 향하는 거지? 이정표를 잘못 붙여 놓은 게 아닌가?"

서로 마주하는 화살표를 보고 당황스러운 웃음이 새어 나왔다. 오른쪽 길로 걸어가다 보니, 이번에는 T 자형 갈림길이 나왔다. L이 화살표가 품은 비밀을 알아차렸다.

"야, 이게 화살표가 아니라 검의 손잡이였네."

그제야 모습이 제대로 보였다. 화살표처럼 생긴 손잡이를 보고 모두 같은 방향을 가리킨다고 착각한 것이었다. 검 모양인 이정표는 박물관과 잘 어울리는 매력 요소였다.

산책로를 따라 나무가 우거진 숲길을 지나 해안가에 다다랐다. 바다에서는 바이킹 배를 체험할 수 있는데, 아쉽게도 운행하지 않는 시기였다. 숲에는 활쏘기, 도끼 던지기와 같은 체험거리가 있었다. 도끼 던지기는 말 그대로 묵직한 도끼를 들어 10m쯤 떨어진 나무판에 꽂는 것이었는데, 처음 하는 거라 왠지 마음이 조였다. 소심하게 던져 두 개는 맥없이 튕겨 나왔고, 하나는 간신히 하단에 꽂혔다. 활쏘기도 이날이 생애 처음이었다. 갈색 가죽 가운을 입고 두건을 쓴 직원이 옆에서 시연까지 하며 열심히 설명하여도 나는 금방 이해하지 못했다. 몸과 마음이 따로 놀아, 활을 잡은 채로 어찌할 줄을 모르고 쩔쩔맸다. 보다 못한 L까지 나서서 내 자세를 잡아 줬다. 그렇게 간신히 활시위를 당겼다. 내 딴에는 양궁 선수처럼 멋지게 팔을 쭉 뒤로 뻗어서 쏜다고 쐈다. 나중에 찍은 사진을 보니 팔꿈치가 수직에 가깝게 세워져 있었고, 활시위를 당긴 손은 코에 바짝 붙어 있었다. 그 모습이 왠지 우스꽝스러웠다. 이후 자세가 나아지긴 했지만, 전과 크게 다르지는 않았다. 그러나 신기하게도 화살 세 발이 모두 과녁에 적중했다. 과정은 엉망이었지만 결과는 좋았다. 체험하는 동안에는 동심으로 돌아간 듯 한껏 들떴다. 로포트르 바이킹 박물관은 자연 속에서 로포텐과 바이킹이 간직한 이야기를 마주하며 쉬어 가듯 둘러볼 수 있는 곳이었다. 트레킹만 했던 여행에 신선한 재미와 새로움을 안겨 주었다.

　　바다 위의 알프스, 로포텐을 걷다

03

기념비가 주는 가치

발스타드

바이킹 박물관을 둘러본 후에는 외곽의 마을을 가 보기로 했다. 먼저 발스타드*Ballstad*를 찾았다. 베스트보괴위아의 가장 남쪽에 있는 발스타드는 1,000여 명이 거주하는 큰 어촌이다. 마을을 통과하는 도로가 여러 갈래로 나뉘고, 주택들이 도로를 따라 넉넉하게 간격을 두고 늘어서 있었다. 로포텐을 여행하다 보니 어떤 마을은 관광에 특화되어 있고, 어떤 마을은 본연의 기능에 충실한 지역 거주민들의 터전이라는 것이 분위기에서 느껴졌다. 발스타드는 관광 마을보다는 로컬의 분위기가 살아 있었다.

마을 끝자락 항구에 주차하고 내려 주변을 걸었다. 민가 두어 채만 자리한 어느 작은 골목 옆으로 언덕을 향해 난 숲길이 보였다. 지도를 보니 기념비로 향하는 길이었다. 몇 걸음 오르지 않아 금세 넓적한 바위가 깔린 꼭대기에 다다랐다. 제법 높은 각도에서 마을이 내려다보였다. 바다를 사이에 두고 건너편에 섬이 늘어서 있었다. 풀숲과 나무가 빼곡한 가운데 비어 있는 공간 사이로 빼꼼 나온 지붕들이 보였다. 정상에는 큼직한 직사각 비 하나가 시선을 사로잡았다. 하단에는 문구가, 상단에는 조각상이 두 칸에 나뉘어 새겨져 있었다. 위쪽 조각상은 한 여인이 손깍지를 끼고 가슴에 바짝 붙인 모습이었다. 애처롭고 간절한 표정은 아득한 수평선을 향했다. 아래쪽 조각상은 세 명의 남성이 어딘가 위태롭게 걸터앉아 있는 모습이었다. 조각 아래에 노르웨이어로 적힌 문구는 길이가 짧아 금방 번역되었다. 글귀는 비를 세운 이유를 명료하게 설명했다.

'로포텐 바다에서 생을 마감한 이들을 추모하며.'

노를란*Nordland*주 어부 협회에서 세운 100년 가까이 된 기념비의 정체는 추모비였다. 문구를 읽고 나니 조각이 다시 보였다. 고기잡이를 나간 남편은 선박을 간신히 붙잡고 있어야 할 정도로 생사가 위태로운 상황 속에서 사투를 벌이고 있다. 부인은 그저 먼바다로 나간 남편이 하루빨리 돌아오길 기도만 하고 있을 뿐이다. 그 처절한 현장을 그녀는 볼 수 없어 더욱 애만 태울 뿐이다.

여행 내내 생각하지 못했던 부분을 한번 올라가 보자며 찾아온 곳에서 마주했다. 로포텐 곳곳에서 대구가 널려 있는 모습을 봤지만, 그 하나를 잡기 위해 바다 위에서 어떤 시간이 흘렀는지는 생각하지 못했다. 한창 대구잡이를 할 시기에 여행을 와서 조업하는 장면을 봤다면, 어부들의 노고를 조금이나마 이해했을까. 노르웨이 어촌 박물관에서도 어부가 한 번 고기잡이를 나가면 수개월을 로르부에서 지냈다는 이야기를 들었지만, 해상에서 그들이 맞닥뜨렸을 어려운 상황을 떠올려 보지는 못했다. 그런데 수평선이 훤히 내려다보이는 곳에 묵묵히 서 있는 비 하나가 나를 그 생각으로 이끌었다. 조각상의 시선이 닿는 곳에 펼쳐진 바다를 바라보자, 내가 그간 마주했던 혹독한 자연환경들이 떠올랐다. 섬에서도 하루에 날씨가 여러 번 바뀌며 수시로 강풍이 부는데, 하물며 바다 날씨는 더 가혹했을 것이다. 전쟁터 같은 삶의 터전에서 목숨까지 걸어야만 했던 이들이 쌓아 온 역사가 오늘날의 로포텐을 이룬 셈이다. 미처 닿지 못했던 생각의 영역에 문득 다다라, 그들이 마주했을 상황과 심정을 가슴 깊이 헤아려 보는 시간을 가지는 것. 그것이 기념비가 주는 가장 큰 가치가 아닐까. 몸을 돌려 다시 먼바다를 바라보며 잠시 그들을 기렸다.

04

여행자를 홀리는 마성의 도로

누스피오르

로포텐은 어업 위주로 지역이 돌아가다 보니, 마을의 분위기가 대체로 비슷했다. 그러나 마을마다 정취와 풍경이 조금씩 달라, 그 미묘한 차이를 느껴 보는 재미가 있었다. 발스타드에 이어서 찾은 플락스타되위아 남부의 오래된 어촌 누스피오르*Nusfjord*는 색다른 매력이 있었다. 마을로 향하는 도로에는 스티에른틴덴*Stjerntinden*이 선사하는 절경이 펼쳐졌다. 양옆으로 숲과 초원이 펼쳐진 한적한 도로의 끝에 거대한 장벽처럼 솟은 산이 보였다. 부채꼴로 몸을 활짝 펼친 산은 모든 것을 삼킬 기세로 시야를 압도했다. 햇빛이 닿지 않아 군데군데 눈이 녹지 않은 그늘진 회색 암벽은 더욱 짙고 거칠었다. 무엇에 홀린 것처럼 그곳을 자꾸만 보게 되었다. 갓길에 차를 세웠다. 도로 한복판에 서서 산군을 배경으로 사진을 찍었다. 통행이 드물고 직선으로 난 길이라, 멀리서 차가 오면 금방 인지하고 피할 수 있었다. 이런 대자연을 뒤로 두고 멋진 사진을 남길 수 있다는 건 큰 행운이었다. 문득 돌로미티에서 본 풍경이 떠올랐다. 백운암이라는 뜻을 가진 돌로미티는 이탈리아 북부에 걸친 알프스 지대이다. 밝은색부터 암회색까지 거칠게 솟은 산군이 웅장해, 자연 여행지의 최고봉으로 꼽아도 손색없을 만큼 깊은 인상을 받았던 곳이다. 악마가 사랑한 풍경이라는 별명이 있는데, 가만히 바라보고 있으면 점차 홀리게 되어 그런 무시무시한 이름이 붙은 게 아닐까 싶었다. 이곳은 로포텐에서 본 그 어느 풍경보다 어둡고 짙으면서 위엄이 넘쳐 다른 멋이 있었다. 천사가 세상 사람들이 모두 즐기길 바라는 마음으로 로포텐을 빚었다면, 이곳만큼은 악마가 작정하고 홀려 버릴 마음으로 만든 듯했다.

바다 위의 알프스, 로포텐을 걷다

시원하게 뻗은 도로를 달리니, 마치 산의 품으로 빨려 들어가는 듯했다. 길은 산기슭을 따라 급커브를 그리며 호수를 끼고 이어졌다. 그 끝에 비밀스럽게 숨어 있던 마을이 나타났다. 마을 입구에 있는 언덕 위 주차장에 오르자 풍경이 한눈에 보였다. 바다를 품은 마을은 한 손에 담길 듯 아담했다. 누군가 가장 보기 좋고 아름다운 모습으로 집들을 배치해 마을을 만든 것 같았다. 달리 말하면 영화 세트장 같은 분위기가 들었다. 그 느낌을 받은 게 마냥 이상한 일은 아니었다. 누스피오르는 로포텐에서 오래된 마을 중 한 곳이다. 기원전 425년에 인류가 최초로 정착한 흔적이 있으며, 20세기 초반 일명 황금기라고 불리는 시대에는 어업으로 크게 번성했다. 당시에는 마을 안 덕장은 물론 바위 절벽 곳곳에도 대구를 건조할 만큼 어획량이 많았는데, 한 번에 최소 60만 마리 이상이 널렸을 것으로 추정될 정도이다. 조업 시기에는 수많은 대구만큼 이곳에 거주하는 어부 또한 1,500명이 넘을 정도로 많았다. 황금기 이후로는 항구 주변으로 새로운 건물이 지어지지 않아 옛 모습이 그대로 보존되어 있다. 현재 마을에 영구 거주하는 인구는 20명 남짓에 불과하며, 마을 전체가 박물관처럼 운영되고 있다. 관광객에게 볼거리와 체험 거리를 제공하며 그 명맥을 이어오고 있다.

마을을 가까이에서 둘러보려 아래로 내려갔다. 입장료를 내야 하는 것으로 알고 있었는데, 운영이 끝난 시간이라 그런지 그냥 들어갈 수 있었다. 다만 건물들이 문을 닫아 내부는 둘러볼 수 없었다. 아쉬운 대로 건물의 외관이라도 둘러보며 마을을 구경했다. 하얀 외벽이 고풍스러운 빵집은 150년에 달하는 깊은 역사를 자랑했다. 가게는 마을에 빵 공급을 전담하며 어부들의 허기를 달래 줬다. 이곳에서 만든 빵에는 시럽이 많이 들어 있어,

어부들이 오랜 시간 바다에 있는 동안 포만감을 유지할 수 있었다고 한다. 이 외에도 현재는 상점으로 쓰이는 기도의 집, 생필품들을 제작했던 대장간 등 오랜 생활사가 고스란히 녹아 있는 건축물을 마주했다. 누스피오르는 오와 비슷하면서도 더 소박하고, 섬의 깊은 곳에 둘러싸여 있어 다른 분위기가 느껴졌다. 한적하고 고요한 마을을 거닐며, 떠들썩하고 활기가 넘쳤을 과거의 모습을 머릿속에 그렸다.

05

입맛을 훔친 연어 버거

모르트순

백패킹을 할 때 정갈한 식사를 하지 못한 것이 가장 아쉬웠다. 처음부터 저비용으로 다니려고 한 만큼 식비에 들어가는 지출도 줄이고자 했다. 식료품을 사서 작은 냄비에 한데 넣고 끓여 찌개처럼 먹었다. 외식이라고는 편의점 햄버거나 조각 피자를 먹는 게 전부였다. 햄버거 하나조차 값비싼 노르웨이에서 레스토랑에 간다는 건 분명히 부담스러운 일이었지만, 특산물인 대구를 버거 속 패티가 아닌 번듯한 요리로 맛보고 싶었다. 그래야만 로포텐을 완전하게 즐겼다는 만족감이 들 것 같았다.

우리는 베스트보괴위아의 남쪽에 툭 튀어나온 반도 끝 모르트순*Mortsund* 으로 향했다. 그곳에 자리한 로포텐 시푸드 센터*Lofoten Seafood Center*는 대구와 연어 등 해산물을 양식하는 곳으로, 전시관과 레스토랑 및 연어잡이 배 체험 등 다양한 시설과 프로그램도 운영한다. 사전에 이메일로 문의했을 때는 연어잡이 배 체험은 시기가 맞지 않아 불가능하다고 회신을 받았지만, 그것을 제외해도 이곳을 갈 가치는 충분해 보였다. 레크네스에서 모르트순으로 가는 길은 왕복 1차로라, 맞은편에서 차가 오면 잠시 비켜서 멈춰야 했다. 그럴 때마다 바깥 경치를 감상하며 느긋하게 갔다. 작은 바닷가에 세워진 센터는 거대한 공장이나 다름없었다. 건물 주변에는 양식할 때 쓰는 것으로 추정되는 장치들이 보였다. 바다 위에는 둥글게 어장이 형성되어 있었다. 주차장에는 차가 꽤 있었지만, 주변은 한산하고 고요했다. 조심스레 건물 내부로 들어가 2층으로 향했다. 안쪽 주방에서 정적을 깨고 직원들이 말하는 목소리가 들렸다.

"실례합니다, 혹시 지금 전시관을 둘러볼 수 있나요?"

"죄송하지만, 오늘은 영업이 끝났어요. 다른 날에 다시 오셔야 합니다."

사전에 알아본 운영 시간이 모호해 일단 찾아간 것이었지만, 이미 문을 닫은 이후라 입맛만 다시며 돌아서야 했다.

이튿날, 올레닐쇠위아를 떠나 다음 숙소가 있는 헤닝스베르Henningsvær로 가는 길에 센터를 다시 들렀다. 전날과 달리 관람을 마치고 나오는 사람들이 보였다. 이번에는 영업시간 안에 찾아온 것이 확실했다. 전날 봤던 직원이 반갑게 맞이해 주었다. 불과 하루 전 일이지만, 우리를 기억하고 먼저 건네 온 인사말에 미소가 번졌다. 데스크에서 이름과 연락처를 적고 안으로 들어갔다. 전시관은 소박했다. 입구 천장에 매달린 대구가 이곳의 정체성을 확실히 밝혔다. 유리 장 안에는 대구 모형이 전시되어 있었다. 모니터에서는 대구를 어획하고 건조하여 수출까지 이어지는 과정이 영상으로 나왔다. 연어에 관한 이야기도 볼 수 있었다. 연어 뱃살을 형상화한 패널에 연어에 관한 다양한 이야기들이 적혀 있었고, 부두를 형상화한 영상실에서는 연어 양식 과정을 낱낱이 볼 수 있었다. 새끼 때부터 표준화된 방법으로 연어를 키우고, 백신을 주사해 질병을 예방하는 등 잔인하리만치 철저하고 체계적인 과정을 거쳐 질 좋은 연어가 식탁에 오른다. 그동안 연어를 맛있게 먹기만 했는데, 그 과정을 마주하니 신선한 충격으로 다가왔다.

　관람을 마친 후, 반대편에 사각 테이블 몇 개가 있는 레스토랑으로 이동했다. 저녁에는 따로 예약을 받아 운영한다는데, 낮에는 일반 식당에 가듯이 그냥 이용할 수 있었다. 우리는 바칼라우와 연어 버거를 주문했다. 바칼라우는 포르투갈어로 대구를 뜻하는데, 소금에 절인 대구에 각종 소스와 부재료를 곁들여 먹는 요리이다. 포르투갈에서 같은 요리를 먹어봤던 L이 골랐다. 나는 연어 버거를 선택해 서로 다양하게 먹어 보고자 했다. 바칼라우는 이날 처음 먹어 봤는데, 절인 데서 오는 고유한 향이 느껴졌다. 로포텐을 걸으며 느꼈던 은은한 대구 냄새가 그대로 배어 있었다. 연어 버거에는 연어가 패티 형태로 들어간 것이 아닌, 가시를 두세 번 발라서 먹어야 할 정도로 두툼한 통살이 두 조각 들어 있었다. 그 맛이 순수하고 담백했다. 생선 자체가 머금은 고유한 맛을 살리기 위해 간을 약하게 한 듯했다.

빵과 채소는 최소한으로만 연어를 받쳐 줘, 버거라기보다는 연어 스테이크를 먹는 듯했다. 대구 요리를 먹으러 왔다가 오히려 연어 요리에 입맛을 사로잡혔다. 무엇보다 좋았던 점은, 노르웨이 음식은 짜다는 편협하게 굳을 뻔한 관념을 날려 줬다는 것이었다. 자연주의 요리를 먹은 듯 몸과 마음이 개운했다.

06

푸른 초원을 품은 바다

우타클레이브 해변

헤닝스베르로 넘어가는 도중에는 레크네스 근처의 산인 오페르쇠위카멘 *Offersøykammen*을 오르려 했다. 등산로 인근에 마련된 주차장 겸 쉼터에 차를 세우고 내린 뒤, 지도를 보며 움직였다. 하산하던 등산객이 다가와서 먼저 말을 건넸다.

"산에 가실 건가요?"

"네, 올라가 보려 해요."

"그럼 저 길은 좀 가파를 거예요. 대신 뒤쪽으로 돌아가면 조금 더 쉬운 등산로가 나와요."

그는 친절하게 등산 앱을 켜서 경로를 보여 주었다. 그에게 고맙다고 인사한 뒤, 일단 가던 길을 따라 걸었다. 왼편 암벽에 가렸던 산이 모습을 드러냈다. 도로 건너에 산비탈을 따라 올라가는 몇 사람이 보였다. 언뜻 봐도 제법 험난해 보였다. 과연 우리가 오를 수 있을지 고개를 갸웃거리며 걸어가는데, 비가 후드득거리며 내리기 시작했다. 빗줄기가 꽤 굵어 걸음을 멈췄다. L과 잠깐 의논한 후에 다시 주차장으로 돌아왔다. 궂은 날씨에 산을 오르는 건 위험하다고 판단했다. 그 여행자가 알려준 우회 등산로로 올라가도 경치가 보일 것 같지 않았다. 대신 해변에 가는 것으로 곧장 경로를 틀었다.

로포텐은 산만큼이나 멋진 바다가 곳곳에 펼쳐진다. 비가 오더라도 큰 불편함 없이 거닐 수 있으며, 흐린 날에는 나름대로 운치를 즐길 수 있다. 레크네스 시가지를 빠져나가 북서쪽으로 향했다. 백패킹을 할 때 머물렀던 헤우클란 해변을 먼저 찾았다. 차를 타고 이렇게 쉽게 갈 수 있다는 것이 여전히 어색했다. 해변은 큰 변화를 겪고 있었다. 잔디가 무성한 풀밭과 푸른 바다가 펼쳐지는 풍경은 여전히 그대로였지만, 그 주변에 편의 시설 같은 건물이 지어지고 있었다. 지저분하고 냄새나던 화장실도 사라지고 없었다. 아마도 늘어나는 관광 수요를 충족하기 위함인 듯했다. 해변을 잠시 거닌 후에는 다시 5분여를 더 달려 우타클레이브 해변으로 향했다. 만넨 정상에 올랐을 때 내려다봤던 해변이지만, 가까이서 본 모습은 훨씬 웅장했다. 넓은 유료 주차장에 차를 세우고 내리자 광활한 초원이 눈에 들어왔다.

양들이 그 위에서 풀을 뜯으며 한적하게 시간을 보내고 있었다. 초원은 살짝 오르막이 져 있었다. 그 너머에 있는 바다는 가려서 보이지 않았다. 초록빛이 시야를 가득 채워, 목가적인 분위기가 짙게 느껴졌다. 그러나 그 초원의 정점을 넘어서는 순간, 드넓은 바다가 모습을 드러내며 이곳이 해변이라는 걸 알렸다. 바다와 초원은 각자의 색깔로 부드러운 조화를 이뤘다. 검고 큼직한 바위가 널린 해안가는 색다른 분위기를 풍겼다. 바다 쪽으로 이어진 넓적한 바위를 따라 조금 걸어가니, 바닥에 동그란 구체가 보였다. 용의 눈*Dragon's eye* 혹은 엘로디의 눈*Elodie's eye*이라고 불리는 독특한 지형이다. 커다란 구멍 안에 바위가 있고 바닷물이 그 위를 채웠다. 얼핏 보면 눈치채기 쉽지 않을 만큼 작았다. 그냥 지나쳐도 이상하지 않은 사소한 바위는 누군가 붙인 이름 하나로 특별함을 얻었다. 보물찾기하듯 호기심을 가지고 찾아보게 만드는 해변의 명소였다. 날씨가 개어 파랗게 빛나는 해변에서 한참을 있었다. 비를 맞으며 산에 올라가는 대신에 해변을 찾은 건 적절한 선택이었다. 언제든 계획을 바꿔서 마음 가는 곳으로 이동하기 쉽다는 렌터카 여행의 장점을 십분 활용해 더욱 알차게 하루를 보냈다.

07

옳다고 믿었던 길의 진실

헤닝스베르, 페스트보그틴

헤닝스베르는 에우스트보괴위아*Austvågøya* 섬의 남서쪽 끝에 있는 작은 어촌이다. 수많은 섬이 군집을 이뤄 아름답기로 손꼽히는 곳이다. 숙소에 짐을 풀고 마을을 산책했다. 마을을 이루는 두 개의 큰 섬 사이로 바닷길이 지나가 운하를 걷는 듯한 느낌이었다. 마을 끝에는 헤닝스베르 스타디움이 있는데, 경기장이 커다란 바위 위에 있어 전 세계에서 특이한 축구장으로 이름이 나 있다. 주민 몇 명이 힘차게 공을 차며 시간을 보냈다. 그 반대편에는 거대한 산인 페스트보그틴*Festvågtind*이 마을을 지키는 수호신처럼 솟아 있었다.

로포텐에서는 나름대로 세운 기준에 맞춰 등산에 임했다. 여행 정보 사이트에 중급 이상으로 분류된 곳은 되도록 오르지 말 것. 백패킹을 할 때도 대부분 쉬운 코스를 올랐고, 이번 여행에서 찾은 호엔과 레이네브링엔 모두 쉬운 코스로 분류되는 곳이다. 하지만 막상 올라 보니 산들이 낮아도 꽤 가팔라, 쉬운 코스라고 해도 난도가 더 높게 느껴졌다. 그래서 중고급 코스는 자연스럽게 배제했다. 그런데 페스트보그틴이 중급에 속한다. 이곳을 오를지, 아니면 거리가 멀어도 더 쉽고 유명한 뤼텐Ryten을 오를지 다음 날 아침부터 한참 고민했다. 결국 이동 시간을 줄이고 한번 부딪혀 보기로 했다. 등산로 입구는 숙소에서 차로 채 5분이 걸리지 않을 정도로 가까웠다. 오르는 사람들이 제법 있는지, 오전임에도 작은 주차 공간이 꽉 찬 상태였다.

입구를 지나서 눈앞에 마주한 산은 그 어느 곳보다 까마득했다. 넓적한 비탈면이 그대로 노출되어 있고, 시작부터 크고 작은 돌덩이와 바위로 빼곡했다. 로포텐의 산은 멀리서 볼 때는 저기에 길이 있는 게 맞는지 의문이 들 정도로 험하게 느껴졌다. 신기하게도 가까이 다가가면 요리조리 난 길이 눈에 들어왔다. 그런데 도통 이곳은 어떻게 올라가야 하는지 갈피를 잡지 못했다.

바로 앞에 보이는 거라곤 커다란 바위들뿐이었다. 저 위에서 한 등산객이 바위와 바위 사이를 뛰어서 내려오고 있었다. 심지어 등에는 두세 살쯤 되어 보이는 아이도 업고 있었다. 아버지의 힘에 절로 감탄이 나왔다. 그러나 그 모습이 왠지 위태로워 보여 조심하라는 말이 저절로 튀어나왔다. 그 등산객은 숨을 몰아쉬며 말을 건넸다.

"바로 왼쪽에도 길이 있는데, 거기가 더 쉬울 거예요."

이정표가 바위를 향하고 있어 그쪽은 신경도 안 썼는데, 다시 보니 흔한 등산로처럼 흙길이 나 있었다. 우회로 같은 길인 듯했다. 일단 이 산에는 등산로가 최소 두 개 있다는 걸 확인했다. 돌아간 길에도 바위를 타 넘어야 하는 구간이 있었지만, 뛰어야 할 정도는 아니었다. 크고 작은 돌이 박혀 울퉁불퉁한 산길을 정신없이 걸었다. 어느덧 수평선이 멀리까지 보이는 중턱까지 다다랐다. L은 오른쪽 아래에서 올라오고 있었다.

"야, 네가 있는 거기서는 어디로 가?"

"저 위에까지 가면 정상으로 이어지는 길이 있고 만나는 것 같아요."

나는 오른편으로 틀어 중앙으로 향할 수 있었지만, 앞에 보이는 길이 지름길이라 생각해 계속 걸어갔다. 중간중간 바닥을 짚으며 올라야 할 정도로 가팔랐다. 한참을 올라 뒤를 돌아보니 비탈면에 바위와 돌, 군데군데 끊어진 흙길이 뒤엉켜 있었다. 한동안 사람이 다닌 적 없는 길처럼 보였다. 내 뒤로 같은 길을 따라오는 이는 아무도 없었지만, 여전히 의심하지 않았다. 지도에 표시되지 않은 길임에도 내 직감만 믿었다. 하늘과 맞닿은 듯한 능선을 드디어 코앞에 두고 마지막 힘을 짜냈다. 생고생하며 올라온 만큼 저 너머에 펼쳐질 모습을 기대했다. 마지막 한 발을 디딘 순간, 그제야 올라온 길의 진실을 깨달았다. 그 너머는 까마득한 낭떠러지이고, V 자 모양

산맥 사이로 바다가 겨우 보일 뿐이었다.

양옆으로는 아찔한 바위 봉우리가 하늘을 찌를 듯 뻗어 있었다. 정상으로 향하는 길은 어디에도 보이지 않았다. 중간 지점부터 40분 가까운 시간을 이상한 길로 올라 쓸데없이 힘을 소비했다. 순간, 참 바보 같은 짓을 했다는 자책이 밀려왔다. 지금쯤 정상에 다다랐어야 하는 시간인데, 다시 이 길을 내려가 길을 찾고 올라갈 생각을 하니 힘이 풀렸다. 낯빛은 잿빛으로 변했다. 잠시 이성을 놓아 바위를 타고 올라가려는 무모한 행동을 시도했다. 한 발 딛자마자 정신을 차렸다. 황천길에 제 발로 뛰어드는 격이었다. 전문 암벽 등반가도 장치 없이는 올라갈 수 없을 만큼 직벽에 가까웠고, 높이가 수십 m는 되어 보였다.

후들거리는 다리에 애써 힘을 주며 가파른 내리막길을 한참 내려갔다. 다시 반쯤 내려가자 중앙으로 이어지는 지름길이 나타났다. 억센 풀들이 빼곡해 성가셨지만, 사람들이 어느 정도 다니는 길인 듯했다. 그 길을 따라

가니 그제야 비로소 정규 등산로가 나타났고 등산하는 사람들이 보였다. 다시 1시간 반 정도를 올라 마침내 정상부에 다다랐다. 한참 전에 이미 도착해 있던 L을 마주하니 이토록 반가울 수 없었다.

"어디까지 갔다 왔냐?"

"정상 바로 뒤편이었던 것 같아요. 이쪽 바다가 보이더라고요."

"다행이다, 그래도."

잘못 든 길에서 까마득히 올려다봤던 봉우리가 정상 부근은 맞는 듯했다. 정상에는 수십 명의 등산객이 저마다 풍경을 즐기고 있었다. 꼭대기에서 내려다본 헤닝스베르는 바다에 섬들이 떠 있는 모습이 소박하고 아담했다. 바다 쪽에서 드론을 띄워 본 마을은 이 산을 든든한 방어벽처럼 구축하고 출정을 나가는 함정 무리 같았다. 그보다 훨씬 높은 이곳에서는 아득한 수평선이 펼쳐지는 망망대해와 그 위에 자그마하게 떠 있는 섬들이 보였다. 마을이 빼곡한 두 개의 큰 섬이 물길을 사이에 두고 하트 같은 모양을 만들었다. 그 주변에는 크고 작은 섬들이 장식처럼 뿌려져 있었다. 다른 곳처럼 웅장한 멋은 없었지만, 손에 담아 자꾸 보듬고 싶은 사랑스러운 매력이 느껴졌다. 험난한 등산 끝에 마주한 풍경은 더욱 달콤했다.

$$08$$

아찔한 절벽을 따라서

페스트보그틴

잠깐 휴식을 취한 뒤에는 정상 부근에 대구 혀라 불리는 토르스케퉁가 *Torsketunga*로 향했다. 트롤퉁가처럼 허공으로 넓적하게 튀어나온 바위이다. 정상 반대편으로 이어진 길은 지금껏 올라온 길이 쉬웠다고 느껴질 만큼 험했다. 가파른 데다 깊은 절벽을 끼고 있어 오금이 저렸고, 여러 갈래로 퍼지는 길에 어디로 가야 하는지 혼란스러웠다. 겨우겨우 길을 찾아 힘겹게 능선을 넘어갔다. 저 멀리서 한 남녀가 서로를 잡아 주며 직벽에 가까운 바위를 타고 내려오고 있었다. 아마도 그곳을 다녀오는 길일 것이다. 그런데 바위를 타고 내려온다는 것은, 저것을 타고 올라가야 한다는 뜻이 아닌가. 그들을 마주치고는 곧장 물어보았다.

"저쪽으로 가려면 바위를 올라야 하나요?"

"네, 그런데 조금 험해서⋯. 신발 괜찮은 거 신었나요? 미끄럽거든요."

"글쎄요⋯. 좋을 것 같은데, 확실하진 않아요."

"그럼 바위 옆으로 돌아가는 방법도 있어요."

"감사합니다, 좋은 하루 보내세요."

"안전한 여행 하세요. 행운을 빌어요."

로포텐에서 행운을 빈다는 말은 부네스 해변에 야영하러 갈 때 한 번 들었었다. 이번에 다시 그 말을 듣다니, 보통 험난한 정도가 아닌 듯했다. 그

바위를 막상 쳐다보니, 계단처럼 층이 듬성듬성 나 있어 오를 만해 보였다. 하지만 나는 수직에 가깝게 솟은 바위를 타 본 적이 한 번도 없었다. 아무리 가능한 것처럼 보여도 안전을 담보로 무모하고 불확실한 선택은 하지 않기로 했다.

그렇다고 돌아가는 길이 쉬운 것도 아니었다. 작은 틈이 있는 바위 사이를 건너고, 절벽을 따라 산을 돌아서 걸어가야 했다. L은 이미 그 길로 토르스케퉁까지 간 상태였다. 공중에 툭 튀어나온 바위 위에 서 있는 그가 보였다. 가까이에선 어떤 모습일지 모르지만, 멀리서 본 모습은 제법 아찔해 보였다. 거리가 멀지 않고 방해물이 없어 큰 소리로 대화할 수 있었다.

"이거… 이 길로 갈 수 있는 거 맞아요?"

"넌 오지 말고 거기 있어, 위험해."

정상으로 올라갈 때 길을 잘못 들어 체력을 많이 소진한 상태였기에, 그는 나에게 넘어오지 말라며 극구 말렸다. 내 눈앞에 보이는 것이라고는 절벽을 따라 굴곡진 흙길이 간신히 이어진 모습이었다. 이게 정녕 길인지 아닌지 분간이 되지 않을 정도였다. 정말 위험할 수도 있겠다 싶어, 그 자리에서 그가 돌아 나올 때까지 가만히 서 있었다. 세 발짝쯤 앞에는 까마득한

절벽과 깊게 주름진 거대한 산군이 U 자
형태로 웅장한 협곡을 이루었다. 푸른 수
풀을 뚫고 울퉁불퉁하게 튀어나온 희멀건
암벽은 거대한 공룡의 등뼈 같았다. 그 너
머로는 푸른 바다와 길게 뻗은 섬이 풍성
하게 펼쳐졌다. 앞서 올랐던 정상에서는
산등성이에 가려 볼 수 없었던 절경이었
다. 무서움도 잊고 연신 감탄하며 풍경에
빠졌다.

바다 위의 알프스, 로포텐을 걷다

하산길에서는 이따금 가파른 산길을 뛰어 내려가는 사람을 보고 혀를 내둘렀다. 내려가는 도중에 물이 다 떨어져 목이 바싹바싹 말랐다. 중턱쯤까지 내려와서 물을 구하러 널따란 호숫가로 향했다. 하지만 부유물들이 있어 바로 마시기에는 어려워 보였다. 손을 씻고 발을 적시며 피로라도 달랬다. 갈증을 해결하지 못하니 힘이 몇 배는 더 드는 느낌이었다. 내려가는 내내 그냥 바닥에 주저앉아 버리고 싶은 충동이 계속 밀려왔다. 간신히 정신을 부여잡고 초입까지 내려왔다. 오전에 만난 등산객이 건너뛰며 내려오던 바윗덩어리들도 난관이었다. 장애물 게임을 하듯 엉덩이로 미끄러지며 간신히 내려갔다. 산에 들어선 지 8시간 만에 마침내 원점으로 돌아왔다. 정상을 왕복하는 데 걸리는 예상 시간이 4시간 정도인데, 토르스케퉁가까지 다녀온 걸 고려하더라도 훨씬 많은 시간을 산에서 쓴 셈이다. 그 어느 때보다 처절하고 힘겨운 대장정을 끝냈다.

09

대구로 즐기는 만찬

헤닝스베르

로포텐에 머무는 동안 한 번은 생선 전문 레스토랑에서 대구 요리를 먹기로 했다. 전날, 헤닝스베르에 도착하여 천천히 마을을 구경하다 피스케크로겐*Fiskekrogen*을 찾았다. 층이 높고 완만한 삼각 지붕으로 덮여 있는 건물은 마치 거대한 생선 창고 같기도 했다. 1989년에 문을 연 이 레스토랑은 마을에서 가장 오래된 식당으로, 현재는 아들이 물려받아 운영하고 있다. 마을 안에 다른 레스토랑이 몇 군데 있지만, 이곳이 가장 유명하다고 해도 과언이 아니다. 저녁쯤 식당에 가니 자리가 있어 보였다.

"두 명인데, 혹시 자리가 있나요?"

"오, 죄송하지만 만석이에요."

이번에도 첫 번째 입장 시도는 실패했다. 유명한 데는 역시 이유가 있는 법인가 보다. 여행 막바지였기에 이대로 돌아섰다가는 크게 후회할 것 같았다. 인터넷에 레스토랑 이름을 검색하니 예약 페이지가 나왔다. 로포텐에서 저녁을 먹을 수 있는 시간은 다음 날, 단 하루뿐이었다. 다행히 원하는 시간으로 예약할 수 있었다. 이튿날, 페스트보그틴 등산을 마치자마자 식당으로 향했다. 예상보다 오랜 시간을 산에서 보낸 터라 하마터면 예약 시간을 놓칠 뻔했다. 지친 몸을 이끌면서도 한층 당당하게 입장했다.

"저희 예약했습니다."

"네~ 어제도 오셨잖아요?"

"하하, 그랬죠."

"현명한 선택이에요, 이쪽으로 들어오세요."

전날 안면을 튼 직원과 서로 웃으며 반겼다. 의지를 꺾지 않으며 기어코 입장했다.

레스토랑은 하얀 도색의 벽과 갈색 테이블이 단정하면서 고급스러운 조화를 이뤘다. 테이블에 놓인 작은 화분과 양초가 은은한 느낌을 더했다. 창 너머로는 마을을 가로지르는 바닷길이 보였다. 옷차림에도 신경을 쓰면 좋을 듯한 분위기였다. 나는 등산을 마치자마자 온 탓에 몸이 꾀죄죄했고, 땀이 증발하며 생긴 소금기 때문에 옷도 허옇게 얼룩져 너저분했다. 하지만 굶주린 상태라 차림새까지 신경 쓸 겨를은 전혀 없었다. 우리는 피스케수

페*Fiskesuppe*와 스크레이*Skrei*, 무알코올 와인을 주문했다. 스타터로 시킨 피스케수페는 노르웨이식 생선 수프로, 몸을 따뜻하게 하려고 먹는 전통 음식이다. 대구 살과 잘게 썬 채소, 허브 오일이 들어간 수프는 크림수프처럼 고소하고 부드러웠다. 남은 수프에 파스타 면을 넣고 볶아도 잘 어울릴 맛이었다. 요리 방법을 배워서 해 먹고 싶을 정도였다.

주요리인 스크레이는 노르웨이 대구의 한 종류로, 버터에 구운 대구와 노르웨이식 감자튀김, 새우, 홍합이 소스에 담겨 나왔다. 시푸드 센터에서 먹었던 바칼라우와는 달리 주황빛 색감이 감돌았고, 요리를 구성하는 재료도 달랐다. 대구는 바싹하게 구워진 겉껍질과 촉촉하고 하얀 살이 식감 대조를 이뤄 먹는 재미가 있었다. 약간 짭조름하게 간이 된 대구 살을 한 입 먹으니, 삼킨 후에도 입안에 풍미가 은은히 남았다. 대구를 절여서 만들어 바다 향이 진하게 나던 바칼라우보다는 담백한 맛이었다. 노르웨이식 감자튀김은 동글동글하고 작은 알감자를 찐 것에 가까워 익숙한 맛이었다. 새우와 홍합은 요리를 해산물 축제가 열리는 장으로 만들었다. 고급스러운 분위기와 맛이 뛰어난 만큼 가격이 비쌌는데, 총 80,000원에 육박했다. 스크레이 한 접시만 50,000원에 가까웠다. 여행에서 한 끼 식사비로 이만한 비용을 지출하는 건 상상도 못 했던 일이었다. 혁할 정도로 비싼 가격이지만, 이번 한 번뿐인 만찬이니까. 그리고 그만한 가치를 느꼈기에 만족스러웠다. 근사한 대구 요리를 먹음으로써 비로소 여행에 미식을 채우며, 로포텐 여행에 방점을 찍었다.

10

백야가 건네는 위로

피스케뵐

오로라를 본 적이 있다. 우주가 만들어 내는 현상 자체가 여행 목적이라면 오로라는 그중에서 유일한 것이었고 늘 꿈꾸던 바였다. 캄캄한 밤하늘에 커튼처럼 나타난 오로라는 초록빛과 보랏빛을 내며 춤을 추듯 화려하게 휘날렸다. 그런 신기한 경험을 또 할 수 있을까. 그런데 곰곰이 생각해 보면, 한편으론 백야 또한 오로라만큼 신비한 우주 현상이 아닐까 싶다. 어쩌면 그보다 더 희귀하고 특이하다고 느낀다. 2024년도에 강력한 태양풍이 지구에 불어닥쳐 저위도 지역에서도 오로라가 관측되어 온 세상이 들떴다. 아쉽게도 우리나라에서는 맨눈으로 즐길 순 없었지만, 천문 분야 전문가들이 카메라로 담은 결과물에 또렷하게 나타난 오로라는 우리나라까지도 잠시 내려왔다는 걸 분명하게 보여 주었다. 반면 지구 자전축이 기울어져 있어서 발생하는 백야는 축이 뒤틀리는 대재앙이 발생하지 않는 이상 고정된 지역에서만 볼 수 있는 현상이다. 처음 로포텐에 갔을 때는 그 현상으로 물든 하늘만 보았지, 태양을 직접 마주하진 않았다. 특이하지만 신기함을 느끼진 못했다. 두 번째 겪는 백야는 한 번 경험했다고 이전만큼 특이한 현상으로 느껴지지 않았다. 때로는 잠 못 들게 하는 불청객이기도 했다. 백야와 극야가 반복되는 극지에 거주하는 사람들에겐 이 현상들이 생활을 불편하게 만드는 요인이기도 하다니, 종일 밝다고 해서 마냥 좋은 것만은 아니었다. 그러나 먼 곳에서 온 이방인에겐 여전히 호기심 거리였다. 돌이켜 보니, 백야라는 현상은 겪었어도 그 현상의 실체를 직접 본 적은 없었다. 그래서 여태껏 신기한 현상이라고 느끼지 못했던 것 같았다. 태양이 지평선 아래로 떨어지지 않는 그 모습을 두 눈으로 확인하고 싶었다.

스볼베르에서 마지막 밤을 보내는 날, 우리는 환한 한밤에 드라이브하며 지지 않는 태양을 찾아 나섰다. 밤 11시가 다 된 마을은 깊은 잠에 빠졌다. 우리를 비롯해 이따금 움직이는 사람들은 백야가 낯선 지역에서 온 것 같았다. 스볼베르의 숙소에 마지막 여장을 풀어 두고 동북쪽 해안가로 향했다. 초저녁 같은 하늘이지만, 대낮과는 달리 도로를 달리는 차를 보기가 어려웠다. 가는 길에 펼쳐진 에우스트네스피오렌 *Austnesfjorden*에는 사람들이 제법 있었다. 잠시 내려 데크를 따라 걸으며 풍경을 감상했다. 다른 곳에 비해 만이 넓고 깊게 형성되어 있고, 사방으로 눈 쌓인 바위산이 펼쳐져 장대한 멋이 느껴졌다. 전망대에서 나와 다시 도로를 달렸다. 유일하게 속도를 내는 존재는 우리뿐이었다. 적막함을 뚫고 엔진 소리가 힘차게 울렸다.

40여 분을 달려 피스케뵐*Fiskebol* 마을에 다다라 어느 작은 길로 접어들었다. 낮은 나무로 빼곡한 도로변 너머에 물결이 보이기 시작했다. 조금 더 들어가니 자그마한 해변이 모습을 드러냈다. 차를 세우고 바닷가로 내려갔다. 해변은 한달음에 달리면 숨이 차기도 전에 끝에 닿을 만큼 작았다. 조금 차오른 초승달처럼 생긴 작은 모래사장에 파도가 잔잔히 부서졌다. 이 시간에 이곳을 굳이 찾아온 이는 우리뿐이었다. 이 순간을 위해 해변 전체를 빌린 기분이었다. 자정 무렵 태양은 수평선 위로 살짝 뜬 채로 진한 금빛을 쏟아냈다. 햇빛은 고요 속에서 잔잔하게 찰랑이는 파도와 고운 모래

사장에 닿아 반짝이며 세상을 붉게 물들였다. 백야는 정점을 향해 가고 있었다. 태양은 차분하고도 느리게 아래로 움직이며 그 모습을 숨길 듯하더니, 더 내려가지 않고 수평선을 스치듯 걸어갔다. 그러다 낮은 섬에 살짝 숨은 뒤 다시 위로 빠져나와 찬란하게 떠올랐다. 극지방에서는 이런 과정을 매일 거쳐 종일 환한 날들이 한동안 이어진다. 그 대척점에는 반대로 태양이 수평선 위로 올라오지 않는 극야가 한동안 이어진다. 해가 내내 저물지 않고, 뜨지 않는 날들이 일정한 주기로 반복한다.

우리 인생도 어쩌면 이와 닮은 것 같다. 하루에도 환했다가 어두워지길 반복하는 나날들이 있고, 극야처럼 태양이 떠오를 듯 떠오르지 않으며 짙은 어둠이 지속할 때도 있다. 극야를 처음 겪을 때는 그 상황이 영원히 이어질 것만 같은 불안감에 빠져 마음을 졸였고, 걱정과 근심이 늘어났다. 그 상황을 빠져나가려 애써도 끊임없는 어둠만이 계속 이어질 것만 같았다. 하지만 내가 조금씩 나아가고 있다는 걸 스스로 눈치채지 못하는 사이에 어둠은 조금씩 걷혔다. 그러다 한동안 빛이 꺼지지 않는 찬란한 날을 마주했다. 우연인 듯 필연이었다. 그 백야가 마냥 좋지만은 않았다. 때로는 나를 성가시게 만들었다. 그러나 나를 빛나게 만드는 존재임은 분명했다. 어렵게 마주한 백야는 머지않아 끝난다. 그러나 이제는 두렵지 않다. 극야를 마주해도 다시 백야가 돌아온다는 걸 분명히 알았으니까. 오늘을 잘 살아내며, 내일로 어떻게든 나아가기 위해 단 한 걸음이라도 걸었다면 그것만으로도 충분하다. 저 멀리 반대편에서 백야는 반드시 온다. 수평선과 잠시 맞닿았다 다시 떠오르는 태양이 나에게 괜찮다고 얘기해 주는 것 같았다.

11

나에게 주는 마지막 선물

트롤피오르

로포텐에서 보내는 마지막 하루가 밝았다. 전 세계를 다니며 깊은 여행 내공을 보유한 L도 로포텐이 인생 여행지가 되었다고 했다. 원래대로라면 함께 여행하는 마지막 날이어야 하나, 그는 폭탄 발언을 했다.

"나는 여기 며칠 더 있으려고."

취재 겸 여행차 유럽에 넘어왔던 그는 이후 독일로 넘어가 여행하는 계획을 세웠는데, 로포텐에 사흘 정도를 더 머물고 이동하겠다고 했다. 렌터카 사용 기간을 연장하고 날씨가 좋을 때 레이네브링엔과 뤼텐을 오르겠다고 했다. 뤼텐은 나도 가고 싶었던 곳이었기 때문에, 휴가가 끝나 어쩔 수 없이 돌아가야 하는 처지에서는 참 부러웠다. 백야를 보며 깊은 사색에 빠진 후 자정을 훌쩍 넘겨 숙소에 돌아와선 서로 작별 인사를 미리 나눴다. 피로에 찌들어 한참을 자고 일어났더니 그는 홀연히 떠난 후였다.

오후에 에베네스 공항으로 향하기 전에 남은 시간은 스볼베르에서 보내기로 했다. 스볼베르는 로포텐에서 가장 큰 도시답게 다른 곳보다 더 활력이 넘쳤다. 커다란 광장은 사람들로 붐볐다. 그 옆의 항구에는 배 몇 척이 정박해 있었다. 이리저리 두리번거리다가 세련된 여객선 한 척 앞에 늘어선 줄에 합류했다. 예약한 트롤피오르*Trollfjord* 크루즈 투어에 참여하기 위

해서였다. 트롤은 북유럽 신화에 등장하는 동그랗고 큰 눈과 거대한 코가 인상적인 도깨비이다. 노르웨이에는 트롤이라는 이름이 들어간 장소도 몇 군데 있는데, 가장 널리 알려진 데가 산꼭대기 절벽 바깥으로 툭 튀어나온 바위인 트롤퉁가(트롤의 혀)이다. 트롤피오르 역시 같은 데서 이름이 유래한 만큼 궁금했다. 에우스트보괴위아의 동쪽 바다에 있는 트롤피오르는 육로로 접근하기 어려운 만큼 전문 투어 상품이 있어 오히려 편리했다. 너른 바다를 항해하는 동안 바다 독수리를 관찰할 시간도 주어졌다. 독수리는 바위에 앉아 있기도 하고, 활공하기도 했다. 검은색 몸체를 지녀 쉽사리 존재를 눈치채기 어려워 자세히 봐야 했다. 가이드가 마치 게임처럼 방향을 계속 알려주며 관찰을 도왔다.

"9시 방향에 독수리가 앉아 있는 모습을 볼 수 있습니다."

"1시 방향에서 독수리가 날고 있네요."

사람들은 그 말에 이리저리 고개와 눈동자를 움직이며 바다 독수리 찾기에 푹 빠졌다. 멋지게 날아다니는 독수리를 볼 때면 탄성이 터져 나왔다.

독수리가 모인 구간을 지난 후 힘차게 달린 배는 다시 서서히 속력을 줄이며 방향을 꺾어 트롤피오르의 좁은 입구를 통과했다. 마치 트롤의 깊은 목구멍 안으로 빨려 들어가는 듯했다. 그 입구는 너비가 100여 m에 불과해, 얼핏 보기에는 배가 들어가지 못할 것 같을 정도로 좁게 느껴졌다. 높은 산군이 주위를 에워싸 더욱 깊은 곳으로 향하는 느낌이었다. 피오르 안으로 들어갈수록 조금씩 공간이 넓어졌다. 피오르 끝에 다다랐을 때는 바다가 아닌 잔잔한 호수 위에 떠 있는 것 같았다. 해안선에는 초록 풀밭으로 뒤덮인 낮은 바위 너머로 뭉툭하게 솟은 눈 쌓인 어두운 봉우리가 조화를 이뤘다. 그 모습이 웅장하면서 아늑했다. 트롤피오르는 험난한 산길을 넘지 않는 이상 바닷길로만 들어올 수 있다. 베일에 꼭꼭 숨겨진 비밀스러운 곳을 찾아가는 느낌이 있어 더 신비하고 색다른 매력이 있었다.

투어 가격은 절대 만만하지 않았다. 전날 먹었던 대구 요리보다도 비쌌다. 3시간 반짜리 투어가 16만 원 정도였으니, 하루 동안 쓸 경비를 이 투어에 쏟은 셈이었다. 어느 부둣가에서 조용히 바다를 바라보며 여행을 마무리할 수도 있었다. 하지만 마지막이니만큼 고생한 나에게 스스로 작은 선물을 주고 싶었다. 힘든 등산만 하다가 선상에서 편하게 대자연을 마주하니 그토록 아늑하고 편할 수 없었다. 항구로 돌아오는 내내 갑판에 서서 따스한 햇볕과 시원한 바람을 맞았다. 하얀 구슬 같은 윤슬이 빛나던 바다와 녹음이 가득한 산이 풍경을 채웠다. 그 모습을 바라보며, 떠나는 순간까지도 로포텐의 대자연을 마음 깊이 새겼다.

다시 갈 날을 그리며

에베네스 공항으로 가는 버스에 오르자마자 졸음이 쏟아졌다. 마취제를 맞은 것처럼 정신을 차릴 틈도 없이 눈이 스르르 감겼다. 그런데도 아름다운 풍경이 어렴풋이 느껴지는 듯했다. 몸이 붕 뜨는 야릇한 기분이 들었다. 잠시 영혼이 이탈해 섬을 돌아다니기라도 했던 것일까.

어느 순간 최면이 풀린 것처럼 정신이 개운해지고 눈이 번쩍 뜨였다. 버스는 어느덧 공항에 다다랐다. 에베네스 공항은 로포텐의 관문인 만큼 규모가 컸다. 공항 앞 주차장은 수많은 렌터카로 빼곡했다. 저마다 꿈을 싣고 섬을 누비며 추억을 쌓겠지. 그 모습을 보며 거쳐온 여정을 머릿속에 떠올렸다. 오슬로로 돌아가는 비행기는 다음 날 새벽에 뜨는 편이라, 공항 맞은편에 예약해 둔 호텔에서 휴식을 취했다. 창 너머로 보이는 붉은 태양이 내게 잘 가라며 마지막 인사를 건네는 듯했다. 떠나는 날도 어쩜 처음 여행할 때와 똑같았다. 쌀쌀맞게 우리를 맞이한 섬은 떠날 땐 자상한 모습이었다. 고생한 만큼 정든다는 게 이런 기분일까. 거친 산을 오를 때면 흘러내리는 땀방울과 터져 나오는 가쁜 숨에 잡념이 사라지는 듯했다. 정상에서 선물 같은 풍경을 마주하면 힘든 것도 다 잊었다. 그런 매력에 이 섬이 더욱 끌린다.

로포텐은 내게 산을 오를 때처럼 일상에서도 여유를 가지고 살아가는 게 중요하다는 것을 알려 주었다. 어떤 상황에서도 조급해하지 말고, 나만의 속도로 묵묵히 걸어갈 것. 그러다 보면 뜻하지 않은 행운도 찾아올 것이다. 그 행운에는 로포텐에 다시 가는 것도 포함되어 있다. 로포텐은 나의 무의식 속에서 유영하다가 어느 날 또다시 나를 그곳으로 이끌 것이다. 그때는 또 섬의 새로운 모습을 찾아다니며 기억 속 색채를 다채롭게 칠할 것이다.

Thanks to

여행을 책으로 엮고 싶다는 막연한 꿈을 이루게 해 준 미다스북스 출판사에 감사의 말씀을 전합니다. 항상 응원해 주시는 부모님과 여행을 함께 다니며 멋진 순간을 사진으로 담아 주신 이병권 작가님께도 감사의 마음을 전합니다.

부록

예비 로포텐 여행자들을 위한 팁 2025년 기준

01. 로포텐 일반 정보

위치 노르웨이 노를란주 로포텐 제도

지형 총면적 1,227㎢(제주도의 약 2/3)로, 가로로 섬이 길게 늘어선 형태이다.

인구 약 24,500명

지자체 6개의 지자체로 이루어져 있으며, 주요 섬(뢰스트, 베뢰위, 모스케네쇠위아, 플락스타되위
아, 베스트보괴위아, 에우스트보괴위아)과 작은 섬들로 구성되어 있다.

기후 아극 해양성 기후. 강한 난류가 흘러 월평균 기온이 0℃ 이하로 떨어지는 때가 거의 없
으며, 10℃가 넘는 달도 2~3개월에 불과하다. 그래서 한여름에는 선선하며, 한겨울에도
다른 극지방만큼 춥지 않다. 7~8월은 일평균 기온이 12~13℃ 정도로 가장 따뜻한 시기
이며, 백야가 지속되어 트레킹을 하기 가장 좋은 때이다. 건기와 우기 구분 없이 연중 비
가 고르게 내리며 날씨가 변화무쌍하다.

02. 로포텐으로 가는 법

1. 오슬로로 입국하기

우리나라에서 로포텐으로 가려면, 먼저 노르웨이의 수도 오슬로를 거쳐야 한다. 독일 프랑크푸
르트나 핀란드 헬싱키 등 일부 유럽 허브 지역을 거쳐 가는 방법도 있지만, 부정기편으로 특정
계절에만 운행하여 조건을 맞추기가 쉽지 않아 노르웨이 국내 교통편을 이용하는 게 편하다.

인천에서 오슬로로 가는 정기 항공편은 아직 없어, 외항사 경유 편을 이용해야 한다. 에미레이
트 항공(두바이 경유), 핀에어(헬싱키 경유), 루프트한자(프랑크푸르트/뮌헨 경유), KLM 항공(암스테
르담 경유), 터키 항공(이스탄불 경유), 에어프랑스(파리 경유), 카타르 항공(도하 경유) 등을 이용해
갈 수 있으며, 대체로 17~20시간 정도 소요된다.

2. 오슬로에서 보되/에베네스로 이동하기

로포텐으로 들어갈 수 있는 큰 관문은 보되(보되 공항, 보되항)와 에베네스 공항이다. 오슬로에
서 보되와 에베네스 공항까지 스칸디나비아 항공과 노르웨지안 항공이 매일 운항하며, 약 1시

간 30분이 소요된다. 기차를 이용한다면 트론헤임을 거쳐 보되로 갈 수 있다. 오슬로 중앙역 또는 오슬로 공항역에서 기차를 타고 트론헤임으로 간 후, 보되로 가는 기차를 타면 된다. 약 20시간이 소요된다.

3. 보되/에베네스에서 로포텐으로 이동하기

보되와 에베네스에서 로포텐으로 들어가는 방법은 조금 다르다. 먼저 보되에서는 다시 비행기를 이용하거나 페리를 타고 입도할 수 있다. 보되 공항에서는 비데뢰 항공을 이용해 레크네스나 스볼베르로 들어갈 수 있다. 모험을 원한다면 가장 남서쪽 섬인 뢰스트로 날아가 여행을 시작하는 방법도 있다. 각 목적지까지 약 30분이 소요된다.

보되항에서 페리를 이용하면 모스케네스나 스볼베르로 이동할 수 있다. 약 3시간 30분이 소요된다. 에베네스 공항에서는 버스를 타고 육로로 들어갈 수 있다. 스볼베르까지 약 3시간, 레크네스까지 약 4시간 30분, 레이네까지 약 6시간이 소요된다.

03. 로포텐 내 이동

1. 렌터카

로포텐을 구석구석 여행하는 가장 좋은 방법은 렌터카를 이용하는 것이다. 섬의 주요 관문인 모스케네스, 레크네스, 스볼베르에 렌터카 업체들이 있다. 에베네스 공항에서 차를 렌트해도 되지만, 로포텐까지 한참 들어가야 한다. 인접한 베스테롤렌 제도를 함께 여행하는 게 아니라면, 로포텐 내에서 차를 렌트하는 게 편하다.

2. 페리(토르가텐)

해운사 토르가텐(Torghatten)에서 보되~뢰스트~베뢰위~모스케네스 구간을 운항한다. 주요 구간은 다음과 같다.

보되-모스케네스 6~8월에는 매일 편도 5~8회 운항하며, 그 외에는 매일 편도 2회 운항한다. 약 3시간 30분 소요된다.

모스케네스-베뢰위 매일 편도 1~2회 운항하며, 약 1시간 30분 소요된다.

도보나 자전거 여행자는 현장에서 탑승 등록 후 무료로 페리를 이용할 수 있다. 좌석을 보장받을 수 있는 티켓을 따로 구매할 수 있으나, 수수료로 250크로네를 내야 한다. 대형 여객선이라 만석이 되는 일이 거의 없어, 굳이 티켓을 살 필요가 없다. 차량이나 오토바이 이용 시에는 선적비를 결제해야 한다. 홈페이지(torghatten.no/en)에서 간단한 정보를 입력한 후 예약 및 결제하면 된다.

3. 버스 및 페리(레이스)

레이스(Reis)는 노를란주의 교통 브랜드로, 지역 내 다양한 버스와 페리 노선을 운영한다. 로포텐 내에서 대중교통으로 다닌다면 이를 이용하면 된다. 각 지역이 존으로 나뉘어 있고, 출발지부터 목적지까지 지나가는 존 개수에 따라 요금이 달라진다. 성인 기준 기본 41크로네부터 시작한다. 버스 내에서도 티켓을 구매할 수 있으나, 서비스 비용으로 20크로네가 추가로 붙어 앱을 쓰는 게 유리하다.

앱을 사용하면 원하는 티켓(싱글 티켓, 24시간 티켓, 트래블 패스 등)를 쉽게 끊을 수 있다. 버스 탑승 시 활성화된 티켓을 기사에게 보여주면 된다. 트래블 패스는 7일간 레이스에서 운영하는 버스와 페리를 제한 없이 이용할 수 있는 티켓으로, 가격은 1,350크로네이다. 싱글 티켓과 24시간 티켓은 구매 시 존을 지정해야 한다. 싱글 티켓을 이용할 예정이라면, 구간 검색을 이용하면 편하다. 출발지와 목적지를 입력해 경로를 검색하면 구매 버튼이 활성화되고, 결제할 금액이 자동으로 산출된다. 싱글 티켓에는 유효 시간이 있어, 이용하려는 시간에 맞춰서 사는 게 좋다.

버스는 크게 E10 도로를 따라 주요 지역 사이를 운행하는 간선 노선과 마을 사이를 운행하는 지선 노선으로 나뉜다.

간선 노선

간선 노선은 총 3개이다. 레크네스를 기점으로 서쪽의 오와 동쪽의 스볼베르를 잇는 노선이 각각 하나씩 있다. 그리고 이들을 모두 경유하며 에베네스 공항과 나르비크까지 이어지는 노선이 하나 있다.

300번 오~레크네스~스볼베르~에베네스 공항~나르비크를 연결한다. 편도 1일 2회로 운행 횟수가 많지 않다.

18-741번 스볼베르~레크네스를 연결한다. 카벨보그, 바이킹 박물관 등을 경유한다. 여름(6월 하순~8월 중순)에는 매일 편도 6~7회 운행한다. 그 외 기간에는 3~6회 운행하며, 통학용으로 일부 구간을 추가로 운행한다.

18-742번 레크네스~오를 연결한다. 람베르그, 레이네, 모스케네스항 등을 경유한다. 여름(6월 하순~8월 중순)에는 매일 편도 5~8회 운행한다. 그 외 기간에는 매일 편도 3~5회 운행한다.

지선 노선

지선 노선은 대체로 통학용으로 운영되는 편이 많아 편수가 적고, 운행 횟수가 불규칙해 이용하기에 어렵다. 일부 거주 인구가 많은 곳은 자주 다닌다. 주요 노선은 다음과 같으며, 성수기(6월 하순~8월 중순) 기준이다. 그 외에는 운행 편수가 다소 달라질 수 있으니, 여행 시기에 맞춰 시간표를 확인하는 것이 좋다.

`18-743번` 스볼베르~카벨보그~헤닝스베르를 연결한다. 평일 편도 7~8회, 토요일 편도 7회, 일요일 편도 5회 운행한다. 일부 시간대에는 스볼베르와 카벨보그를 잇는 편이 추가로 다닌다.

`18-766번` 레크네스~발스타드를 연결한다. 평일 편도 9회, 토요일 편도 4회, 일요일 편도 1회 운행한다.

페리
토르가텐과는 별개로 레이스에서 운항하는 노선이다. 주요 노선은 다음과 같다.

`NEX2(23-755번)` 보되~스볼베르를 연결한다. 매일 편도 1회 운항하며, 약 3시간 30분 소요된다. 티켓을 별도로 끊을 시 요금은 성인 기준 456크로네이다.

`Reinefjorden(18-773번)` 레이네~셰르크피오렌~빈스타드를 연결한다. 여름(6월 초~8월 중순)에는 매일 2~4회 운항한다. 그 외 기간에는 매일 2~3회 운항하며, 연초와 연말에는 전화로 예약해야 한다. 빈스타드에서 약 2.5km 트레킹을 하여 부네스 해변으로 갈 수 있다.

4. 택시
로포텐 내 주요 지역에 택시 회사가 있다. Taxifix 앱이나 전화로 예약해서 이용할 수 있다.

04. 로포텐 내 숙소
1. 로르부
로르부는 어부들이 조업 철에 임시로 거처하던 전통 가옥으로, 로포텐을 상징하는 풍경과도 같다. 선박이 쉽게 접근할 수 있게 수상에 떠 있는 형태로 지어졌다. ㅅ자 지붕이 살포시 덮은 반듯한 집은 단출하고 소박한 매력이 있다. 현재는 이를 개조하거나 현대식으로 지어 여행자 숙소로 활용하는 곳이 많다. 여러 마을에서 로르부를 활용한 숙소를 찾아볼 수 있다. 대표적으로 Eliassen Rorbuer, Reine Rorbuer, Svinøya Rorbuer 등이 있다.

2. 호텔
로포텐에는 크고 작은 다양한 호텔이 곳곳에 있다. 2인 1박 기준으로 대체로 비수기에는 15~40만 원대, 성수기에는 20~60만 원대에 형성된다. 대표적으로 Fast Hotel, Thon Hotel, Scandic Hotel 등이 있다.

3. 호스텔
로포텐에는 도미토리 룸을 보유한 호스텔이 몇 군데 있다. 가격이 저렴하며, 대중교통으로 접근하기에도 괜찮은 곳에 있어 고려해 볼 만한 선택지이다. 1인 1박 기준으로 대체로 5~10만 원대에 가격이 형성되어 있다. 대표적으로 Å HI hostel, FURU Hostel, Stamsund Hostel 등이 있다.

4. 아파트먼트/에어비앤비

로포텐에서는 오두막집이나 아파트먼트를 빌려 아늑하게 지낼 수도 있고, 에어비앤비를 통해 현지인 숙소 감성을 그대로 느껴 보는 것도 매력이다. 풍경 좋은 곳에 숙소를 잡으면 열 호텔 부럽지 않다. 잠에서 깨어 창 너머로 펼쳐지는 섬의 절경을 보면 금세 황홀경에 들어선다. 에어비앤비는 2인 1박 기준으로 대체로 10만 원대~40만 원 대로 가격이 형성되어 있으며, 아파트먼트는 그보다 가격대가 더 다양하다.

5. 캠핑

숙소에 얽매이지 않고 자유롭게 여행하며 대자연에 더욱 가까이 다가가고자 한다면, 캠핑이 좋은 방법이다. 노르웨이에서는 인간의 자연에 대한 접근권을 보장해 큰 제약 없이 캠핑을 즐길 수 있다. 캠핑카를 타고 다니며 호화롭게 여행해도 되고, 텐트를 짊어지고 고생하며 백패킹을 즐겨도 된다. 기본적인 몇 가지 수칙만 잘 지키면 된다. 대표적인 수칙은 다음과 같다.

* 가능한 한 전용 캠핑장을 이용할 것
* 노지 캠핑 시 건물로부터 최소 150m 이상 떨어질 것
* 사유지와 농장, 경작지 등에서 캠핑하지 말 것
* 자연을 존중하고 배려하며 흔적을 남기지 말 것

05. 지역별 주요 여행지

1. 베뢰위 *Værøy*

트레킹

호엔 *Håen* 호엔 주차장 *Håen Parkering*에서 시작한다. 해발 438m. 왕복 약 6km, 3~4시간 소요. 난이도 하.

볼거리/먹을거리

키오스켄 *Kiosken* 쇠를란의 레스토랑. 햄버거, 피자, 케밥 등이 있다. 가격대 150~250크로네. 영업시간 월~토 10:00~21:00, 일 16:00~21:00.

2. 모스케네쇠위아 *Moskenesøya*

트레킹

레이네브링엔 *Reinebringen* 레이네브링엔 트레일 출발점 *Reinebringen stistart*에서 시작한다. 레이네 마을 내에 주차할 수 있다. 해발 484m. 왕복 약 2.2km, 2~4시간 소요. 난이도 중(1,978계단).

부네스 해변 *Bunes Beach* 빈스타드 선착장에서 시작한다. 해변 해발 80m. 왕복 약 6km, 2시간 소요. 난이도 하.

볼거리/먹을거리

노르웨이 어촌 박물관 *Norwegian Fishing Village Museum A* 오 마을의 어업 역사와 문화를 볼 수 있다. 영업시간 매일 10:00~18:00(6~9월), 입장료 성인 150크로네(6~9월).

아니타 쇠마트 *Anita's Sjømat* 레이네의 어물전 겸 레스토랑. 생선 수프, 생선 버거 등이 있다. 가격대 200~300크로네. 영업시간 매일 09:30~18:00.

3. 플락스타되위아 *Flakstadøya*

트레킹

볼란스틴 *Volandstind* 볼란스티덴 트레일 헤드 *Volandstiden Trail Head*에서 시작한다. 등산로 입구에 주차할 수 있다. 해발 457m. 왕복 약 5km, 2~4시간 소요. 난이도 중.

누벤 *Nubben* 람베르그 버스 정류장 맞은편에서 시작한다. 마을 내에 주차할 수 있다. 해발 240m. 왕복 약 1.5km, 1~1.5시간 소요. 난이도 하.

볼거리/먹을거리

누스피오르 *Nusfjord* 전통 어촌 마을로 야외 박물관 형태로 보존되어 있다. 영업시간 매일 09:00~17:00, 입장료 100크로네.

4. 베스트보괴위아 *Vestvågøya*

트레킹

만넨 *Mannen* 헤우클란 해변 반대편 터널 옆길에서 시작한다. 해변에 주차할 수 있다. 해발 400m. 왕복 약 4km, 2~3시간 소요. 난이도 중.

유스타티넨 *Justadtinden* 학스카레 *Hagskaret* 버스 정류장에서 시작한다. 등산로 입구에 주차할 수 있다. 해발 738m. 왕복 약 12km, 5~6시간 소요. 난이도 중.

볼거리/먹을거리

로포텐 시푸드 센터 *Lofoten Seafood Center* 모르트순의 해산물 양식장. 전시관과 가이드 투어, 레스토랑을 운영한다. 생선 수프, 연어 버거 등이 있다. 가격대 150~250크로네(런치). 영업시간 월~금 11:30~14:30(런치), 10:00~15:30(전시관). 센터 인스타그램 (@lofotenseafood_center)을 통해 영업 관련 정보를 확인할 수 있다.

로포트르 바이킹 박물관 *Lofotr Viking Museum* 바이킹의 문화와 역사를 만날 수 있다. 특별 체험 프로그램도 운영한다. 영업시간 매일 10:00~17:00(5~9월), ~19:00 연장 운영(여름 성수기). 입장료 성인 250크로네(6~8월), 그 외 200크로네. 자세한 정보는 홈페이지(ticket.lofotr.no)에서 확인할 수 있다.

5. 에우스트보괴위아 *Austvågøya*

트레킹

페스트보그틴 *Festvågtind* 페스트보그틴 트레일헤드 *Festvågtind trailhead*에서 시작한다. 등산로 입구에 주차할 수 있다. 해발 541m. 왕복 약 2.6km, 3~4시간 소요. 난이도 상.

티엘베르그틴 *Tjeldbergtind* 티엘베르그틴덴 트레일헤드 *Tjeldbergtinden trail head*에서 시작한다. 마을 내에 주차할 수 있다. 해발 325m. 왕복 약 3.8km, 2~3시간 소요. 난이도 하.

볼거리/먹을거리

트롤피오르 *Trollfjord* 투어 프로그램을 통해 갈 수 있다. 배 종류에 따라 다양한 상품이 있다. 비짓로포텐 홈페이지(visitlofoten.com/en/booking)에서 예약할 수 있다.

피스케크로겐 *Fiskekrogen* 헤닝스베르의 해산물 요리 전문 레스토랑. 대구, 킹크랩 요리 등이 있다. 가격대 250~750크로네(메인 코스). 영업시간 매일 13:00~21:00. 레스토랑 예약 사이트 (dinnerbooking.com/no/nb-NO)에서 식당 이름 입력 후 예약할 수 있다.

06. 유용한 앱(웹사이트)

Reis(reisnordland.no)

레이스는 노를란주 내 대중교통 경로를 검색하고 표를 끊을 수 있는 앱이다. 원하는 정류장에서 출발하는 시간표도 목록으로 확인할 수 있다. 홈페이지에서는 표로 정리된 노선별 시간표를 볼 수 있다.

Yr(yr.no)

노르웨이 기상청과 노르웨이방송공사(NBC)가 공동으로 제공하는 일기예보 서비스이다. 각 지역과 산, 바다 날씨 정보를 제공한다. 가까운 날짜는 시간별로, 그 외에는 6시간 단위로 예보를 제공한다. 기상특보도 확인할 수 있다. 여행 중 예보를 수시로 확인하며 일정을 이어 나가면 좋다.

Torghatten(torghatten.no/en)

토르가텐은 노르웨이 전역에 페리와 쾌속선을 운항하는 큰 해운사이다. 앱은 노르웨이어만 지원해 웹사이트로 보는 것이 편하다. 보되~베뢰위~모스케네스를 잇는 로포텐의 주요 페리 노선 시간표를 이곳에서 검색하고 예약할 수 있다.

Wideroe(wideroe.no/en)

비데뢰는 노르웨이 항공사로 작은 지역들을 주로 연결한다. 보되에서 로포텐으로 들어갈 때 배 이외에 이용할 수 있는 수단이다. 레크네스와 스볼베르, 남서쪽 해상에 동떨어진 작은 섬

뢰스트에 가는 항공편을 예약할 수 있다.

Entur(entur.no)
엔투르는 노르웨이 국영 교통 회사로, 노르웨이 전역의 철도 및 대중교통 정보를 제공하며 티켓을 살 수 있다. 오슬로에서 기차를 타고 보되로 가고자 한다면 이 앱을 통해 시간표를 검색하고 표를 예약하면 된다.

EasyPark
렌터카 여행을 한다면 사용하면 좋은 앱이다. 인근 주차장을 검색하고 주차비 정산을 쉽게 할 수 있다. 카드와 차량 정보를 등록하고 사용하면 된다.

visitlofoten.com/en/
로포텐 제도 여행에 관한 전반적인 정보를 제공하는 공식 사이트이다. 지역, 숙박, 관광 명소, 음식, 주요 트레킹 정보 및 로포텐 내 다양한 액티비티를 이곳에서 예약할 수 있다.

68north.com
캘리포니아 출신 사진작가가 운영하는 사이트로, 로포텐을 수년간 여행하며 모은 정보와 사진을 공유한다. 특히 트레킹 코스에 대한 설명이 상세해 유용하다. 'Lofoten Hikes' 탭에서 50여 개 주요 트레킹 코스에 대한 설명을 확인할 수 있다. 트레일 특징과 찾는 방법 등이 자세하고 이미지로 경로를 표시해 안내하고 있어 참고하면 좋다.

07. 그 외의 팁

- E10은 로포텐을 가로지르는 유일한 간선도로로, 스웨덴 룰레오에서 시작해 노르웨이 오까지 이어진다. 대부분 왕복 2차로이나, 일부 구간은 상·하행 구분이 없는 왕복 1차로이다. E10에서 곁가지처럼 뻗어 나와 마을 곳곳을 잇는 도로는 대부분 차선이 없으며 폭이 좁은 곳도 많다. 반대편에서 오는 차를 마주하면 속력을 줄이며 비켜 가거나, 잠깐 멈추었다 가는 양보 자세를 갖추면 좋다. 양보를 받는다면 손을 들어서 감사를 표하면 된다. 일부 좁은 교량과 터널은 신호등으로 교통을 통제하기 때문에, 안전한 여행을 위해서 반드시 준수해야 한다.

- E10 도로와 그 외곽을 잇는 일부 도로는 노르웨이 시닉 루트(Norwegian Scenic Routes)로 지정되어 있다. 트레킹을 하기 어려운 상황이라도 멋진 풍경을 얼마든지 즐길 수 있다. 드라이브하며 아름다운 해변과 웅장한 산군을 감상하고, 고즈넉한 마을에서 머물며 로포텐의 정취를 만끽할 수 있다.

- 도보로 여행한다면 E10 도로가 지나는 지역에 숙소를 잡고, 버스를 타고 인근 장소들을 탐방하는 게 좋다. 구석구석 멋진 곳들이 많은 로포텐이지만, E10 도로만 잘 따라가도 섬의 매력을 충분히 느낄 수 있다. 노르웨이 여행 중 짧은 일정으로 로포텐을 많이 방문하지만, 일주일 정도 잡고 느긋하게 섬에 빠져 보는 것을 추천한다.

- 로포텐의 산은 가파르고 험한 곳이 많아, 등산에 익숙한 여행자가 아니라면 느긋한 마음으로 주의해서 올라야 한다. 올라가다가 날씨가 나빠지거나 힘에 부치면 안전을 위해 아쉬워도 돌아 나와야 한다. 등산을 포기하는 것은 결코 부끄러운 일이 아니다.

- 트레킹 시 물을 넉넉하게 준비해야 한다. 물병이나 수낭을 챙겨서 청정한 수돗물을 받아 다니면 편할 뿐만 아니라 물값도 아낄 수 있어 일거양득이다.

- 성수기인 한여름에도 날씨가 쌀쌀해 경량 패딩과 방한이 되는 옷을 챙겨 가는 게 좋다. 그리고 비가 자주 내리고 몸을 가누기 어려운 강풍도 종종 불어 방풍과 방수 기능이 있는 재킷을 함께 가져가면 도움이 된다.

- 로포텐 날씨는 변덕이 심해 하루에도 기상이 여러 번 바뀌기도 하며, 흐린 날이 계속 이어지기도 한다. 활동하기 힘든 날을 대비해 하루 정도는 여유 일정으로 두는 것이 좋다.

- 노르웨이는 신용카드 사용이 보편화되어 있고, 앱으로 결제할 수 있는 것도 많아 현금은 비상용으로 조금만 준비하면 된다.

- 외식비가 부담된다면 마트를 이용하면 좋다. 작은 마을에도 큰 가게가 있는 경우가 많아 다양한 식료품을 쉽게 구할 수 있다. 대형 마트로는 Rema 1000, Coop prix, Extra, Bunnpris, Kiwi 등이 있으며 Joker, Matkroken과 같은 작은 슈퍼마켓도 있다.

- 아무리 조심하여도 여행에서는 사고가 발생할 수 있다. 화재 신고는 110, 경찰 신고는 112, 응급 의료 지원은 113으로 연락하면 된다. 주노르웨이 대한민국대사관 연락처는 +47-2254-7090, 7091이다.